线装国学馆

初刻拍案惊奇

第一卷

线装国学馆

初刻拍案惊奇

初刻拍案惊奇

线装国学馆

图书在版编目（CIP）数据

初刻拍案惊奇 /《线装国学馆》编委会编. -- 北京：中国画报出版社，2019.5

（线装国学馆）

SBN 978-7-5146-1620-0

Ⅰ. ①初… Ⅱ. ①线… Ⅲ. ①话本小说—小说集—中国—明代 Ⅳ. ①I242.3

中国版本图书馆 CIP 数据核字 (2018) 第 109793 号

线装国学馆·初刻拍案惊奇

◎出版人 于九涛

◎原著 ［明］凌濛初

◎编著 线装国学馆编委会

◎责任编辑 郭翠青

◎出版发行 中国画报出版社

◎地址 中国北京市海淀区车公庄西路三十三号

◎电话 〇一〇—八八四一七三五九

◎印刷 三河市文通印刷包装有限公司

◎监印 焦洋

◎开本 十六开（889×1194）

◎字数 四百八十千字

◎印张 四十

◎版次 二〇一九年五月第一版

◎印次 二〇一九年五月第一次印刷

◎书号 ISBN 978-7-5146-1620-0

◎定价 一百九十八元（全四卷）

目录

线装国学馆 初刻拍案惊奇

第一卷

第二卷

第三卷

第四卷

第一回

转运汉遇巧洞庭红　波斯胡指破鼍龙壳

词曰：

日日深杯酒满，朝朝小圃花开。自歌自舞自开怀，且喜无拘无碍。
青史几番春梦，红尘多少奇才。不须计较与安排，领取而今见在。

这首词乃宋朱希真所作，词寄《西江月》。单道着人生功名富贵，总有天数，不如图一个见前快活。试看往古来今，一部十七史中，多少英雄豪杰，该富的不得富，该贵的不得贵。能文的倚马千言，用不着时，几张纸盖不完酱瓿；能武的穿杨百步，用不着时，几竿箭煮不熟饭锅。极至那痴呆懵懂生来的有福分的，随他文学低浅，也会发科发甲；随他武艺庸常，也会大请大受。真所谓时也，运也，命也。俗语有两句道得好：『命若穷，掘得黄金化作铜；命若富，拾着白纸变成布。』总来只听掌命司颠之倒之。所以吴彦高又有词云：『造化小儿无定据，翻来覆去，倒横直竖，眼见都如许。』僧晦庵亦有词云：『谁不愿黄金屋？谁不愿千钟粟？算五行不是这般题目。枉使心机闲计较，儿孙自有儿孙福。』苏东坡亦有词云：『蜗角虚名，蝇头微利，算来着甚干忙？事皆前定，谁弱又谁强？』这几位名人说来说去，都是一个意思。总不如古语云：『万事分已定，浮生空自忙。』说话的，依你说来，不须能文善武，懒惰的也只消天掉下前程；不须经商立业，败坏的也只消天挣与家缘。却不把人间向上的心都冷了？看官有所不知，假如人家出了懒惰的人，也就是命中该贱；出了败坏的人，也就是命中该穷，此是常理。却又自有转眼贫富出人意外，把眼前事分毫算不得准的哩。

且听说一人，乃是宋朝汴京人氏，姓金，双名维厚，乃是经纪行中人。少不得朝晨起早，晚夕眠迟，睡醒来，千思想，万算计，拣有便宜的才做。后来家事挣得从容了，他便思想一个久远方法：手头用来用去的，只是那散碎银子，若是上两块头好银，便存着不动。约得百两，便熔成一大锭，把一综红线结成一绦，系在锭腰，放在枕边。夜来摩弄一番，方才睡下。积了一生，整整熔成八锭，以后也就随来随去，再积不成百两，他也罢了。金老生有四子。一日，是他七十寿旦，四子置酒上寿。金老见了四子跻跻跄跄，心中喜欢。便对四子说道：『我靠皇天覆庇，虽则劳碌一生，家事尽可度日。况我平日留心，有熔成八大锭银子永不动用的，在我枕边，见将绒线做对儿结着。今将拣个好日子分与尔等，每人一对，做个镇家之宝。』四子喜谢，尽欢而散。

是夜金老带些酒意，点灯上床，醉眼模糊望去，八个大锭，白晃晃排在枕边。摸了几摸，哈哈地笑了一声，睡下去了。睡未安稳，只听得床前有人行走脚步响，心疑有贼。又细听着，恰像欲前不前相让一般。床前灯火微明，揭帐一看，只见八个大汉，身穿白衣，腰系红带，曲躬而前，曰：『某等兄弟，天数派定，宜在君家听令。今蒙我翁过爱，抬举成人，不烦役使，珍重多年，宴数将满。待翁归天后，再觅去向。今闻我翁目下将以我等分役诸郎君，我等与诸郎君辈原无前缘，故此先来告别，往某县某村王姓某者投托。后缘未尽，还可一面。』语毕，回身便走。金老不知何事，吃了一惊。翻身下床，不及穿鞋，赤脚赶去。远远见八人出了房门。金老赶得性急，绊了房槛，扑的跌倒。飒然惊醒，乃是南柯一梦。急起挑灯明亮，点照枕边，已不见了八个大锭。细思梦中所言，句句是实。叹了一口气，哽咽了一会，道：『不信我苦积一世，却没分与儿子每受用，倒是别人家的。明明说有地方姓

名，且慢慢跟寻下落则个。」一夜不睡。

次早起来，与儿子每说知。儿子中也有惊骇的，也有疑惑的。惊骇的道：『不该是我们手里东西，眼见得作怪。』疑惑的道：『老人家欢喜中说话，失许了我们，回想转来，一时间就不割舍得分散了，造此鬼话，也不见得。』金老看见儿子每疑信不等，急急要验个实话。遂访至某县某村，果有王姓某者。叩门进去，只见堂前灯烛荧煌，三牲福物，正在那里献神。金老便开口问道：『宅上有何事如此？』家人报知，请主人出来。主人王老见金老，揖坐了，问其来因。金老道：『老汉有一疑事，特造上宅来问消息。今见上宅正在此献神，必有所谓，敢乞明示。』王老道：『老拙偶因寒荆小恙买卜，先生道移床即好。昨寒荆病中，恍惚见八个白衣大汉，腰系红束，对寒荆道：「我等本在金家，今在彼缘尽，来投身宅上。」言毕，俱钻入床下。寒荆惊出了一身冷汗，身体爽快了。及至移床，灰尘中得银八大锭，多用红绒系腰，不知是那里来的。此皆神天福佑，故此买福物酬谢。今我丈来问，莫非晓得些来历么？』金老跌跌脚道：『此老汉一生所积，因前日也做了一梦，就不见了。梦中也道出老丈姓名居址的确，故得访寻到此。可见天数已定，老汉也无怨处，但只求取出一看，也完了老汉心事。』王老道：『容易。』笑嘻嘻地走进去，叫安童四人，托出四个盘来。每盘两锭，多是红绒系束，正是金家之物。金老看了，眼睁睁无计所奈，不觉扑簌簌掉下泪来。抚摩一番道：『老汉直如此命薄，消受不得！』王老虽然叫安童仍旧拿了进去，心里见金老如此，老大不忍。另取三两零银封了，送与金老作别。金老道：『自家的东西尚无福，何须尊惠！』再三谦让，必不肯受。王老强纳在金老袖中，金老欲待摸出还了，一时摸个不着，面儿通红。又被王老央不过，只得作揖别了。直至家中，对儿子们一一把前事说了，大家叹息了一回。因言王老好处，临行送银三两。满袖摸遍，并不见有，只说路中掉了。却元来金老推逊时，王老往袖里乱塞，落在着外面的一层袖中。袖有断线处，在王老家摸时，已在脱线处落出在门槛边了。客去扫门，仍旧是王老拾得。可见一饮一啄，莫非前定。不该是他的东西，不要说八百两，就是三两也得不去。该是他的东西，不要说八百两，就是三两也推不出。原有的倒无了，原无的倒有了，并不由人计较。

而今说一个人，在实地上行，步步不着，极贫极苦的，却在渺渺茫茫做梦不到的去处，得了一主没头没脑的钱财，变成巨富。从来稀有，亘古新闻。有诗为证，诗曰：

分内功名匣里财，不关聪慧不关呆。
果然命是财官格，海外犹能送宝来。

话说国朝成化年间，苏州府长洲县阊门外有一人，姓文名实，字若虚。生来心思慧巧，做着便能，学着便会。琴棋书画，吹弹歌舞，件件粗通。幼年间，曾有人相他有巨万之富。他亦自恃才能，不十分去营求生产，坐吃山空，将祖上遗下千金家事，看看消下来。以后晓得家业有限，看见别人经商图利的，时常获利几倍，便也思量做些生意，却又百做百不着。

一日，见人说北京扇子好卖，他便合了一个伙计，置办扇子起来。上等金面精巧的，先将礼物求了名人诗画，免不得是沈石田、文衡山、祝枝山，拓了几笔，便值上两数银子。中等的，自有一样乔人，一只手学写了这几家字画，也就哄得人过，将假当真的买了，他自家也兀自做得来的。下等的无金无字画，将就卖几十钱，也有对合利钱，是看得见的。拣个日子，装了箱儿，到了北京。岂知北京那年，自交夏

初刻拍案惊奇

来，日日淋雨不晴，并无一毫暑气，发市甚迟。交秋早凉，虽不见及时，幸喜天色却晴，有妆晃子弟要买把苏做的扇子，袖中笼着摇摆。来买时，开箱一看，只叫得苦。元来北京历沴却在七八月，更加日前雨湿之气，斗着扇上胶墨之性，弄做了个『合而言之』，揭不开了。用力揭开，东粘一层，西缺一片，但是有字有画值价钱者，一毫无用。剩下等没字白扇，是不坏的，能值几何？将就卖了做盘费回家，本钱一空。频年做事，大概如此。不但自己折本，但是搭他做伴，连伙计也弄坏了。故此人起他一个混名，叫做『倒运汉』。不数年，把个家事干圆洁净了，连妻子也不曾娶得。终日间靠着些东涂西抹，东挨西撞，也济不得甚事。但只是嘴头子诌得来，会说会笑，朋友家喜欢他有趣，游耍去处少他不得；也只好趁口，不是做家的。况且他是大模大样过来的，帮闲行里，又不十分入得队。有怜他的，要荐他坐馆教学，又有诚实人家嫌他是个杂板令，高不凑，低不就。打从帮闲的、处馆的两项人见了他，也就做鬼脸，把『倒运』两字笑他，不在话下。

一日，有几个走海泛货的邻近，做头的无非是张大、李二、赵甲、钱乙一班人，共四十余人，合了伙将行。他晓得了，自家思忖道：『一身落魄，生计皆无。便附了他们航海，看看海外风光，也不枉人生一世。况且他们定是不却我的，省得在家忧柴忧米的，也是快活。』正计较间，恰好张大踱将来。元来这个张大名唤张乘运，专一做海外生意，眼里认得奇珍异宝，又且秉性爽慨，肯扶持好人，所以乡里起他一个混名，叫张识货。文若虚见了，便把此意一一与他说了。张大道：『好，好。我们在海船里头不耐烦寂寞，若得兄去，在船中说说笑笑，有甚难过的日子？我们众兄弟料想多是喜欢的。只是一件，我们多有货物将去，兄并无所有，觉得空了一番往返，也可惜了。待我们大家计较，多少凑些出来助你，将就置些东西去也好。』文若虚便道：『谢厚情，只怕没人如兄肯周全小弟。』张大道：『且说说看。』一竟自去了。

恰遇一个瞽目先生敲着『报君知』走将来，文若虚伸手顺袋里摸了一个钱，扯他一卦问问财气看。先生道：『此卦非凡，有百十分财气，不是小可。』文若虚自想道：『我只要搭去海外耍耍，混过日子罢了，那里是我做得着的生意？要甚么赍助？就赍助得来，能有多少？便直恁地财爻动？这先生也是混帐。』只见张大气忿忿走来，说道：『说着钱，便无缘。这些人好笑，说道你去，无不喜欢。说到助银，没一个则声。今我同两个好的弟兄，拼凑得一两银子在此，也办不成甚货，凭你买些果子，船里吃罢。口食之类，是在我们身上。』若虚称谢不尽，接了银子。张大先行，道：『快些收拾，就要开船了。』若虚道：『我没甚收拾，随后就来。』手中拿了银子，看了又笑，笑了又看，道：『置得甚货么？』信步走去，只见满街上筐篮内盛着卖的：

红如喷火，巨若悬星。皮未皲，尚有余酸；霜未降，不可多得。元殊苏井诸家树，亦非李氏千头奴。较广似曰难兄，比福亦云具体。

乃是太湖中有一洞庭山，地暖土肥，与闽广无异，所以广橘福橘，播名天下。洞庭有一样橘树，绝与他相似，颜色正同，香气亦同。止是初出时，味略少酸，后来熟了，却也甜美。比福橘之价十分之一，名曰『洞庭红』。若虚看见了，便思想道：『我一两银子买得百斤有余，在船可以解渴，又可分送一二，答众人助我之意。』买成，装上竹篓，雇一闲的，并行李挑了下船。众人都拍手笑道：『文先生宝货来也！』文若虚羞惭无地，只得吞声上船，再也不敢提起买橘的事。

开得船来，渐渐出了海口，只见：

银涛卷雪，雪浪翻银。湍转则日月似惊，浪动则星河如霞。

三五日间，随风漂去，也不觉过了多少路程。忽至一个地方，舟中望去，人烟凑聚，城郭巍峨，晓得是到了甚么国都了。舟人把船撑入藏风避浪的小港内，钉了桩橛，下了铁锚，缆好了。船中人多上岸。打一看，元来是来过的所在，名曰吉零国。元来这边中国货物，拿到那边，一倍就有三倍价。换了那边货物，带到中国，也是如此。一往一回，却不便有八九倍利息，所以人都拚死走这条路。众人多是做过交易的，各有熟识经纪、歇家、通事人等，各自上岸找寻发货去了，只留文若虚在船中看船，路径不熟，也无走处。

正闷坐间，猛可想起道：『我那一篓红橘，自从到船中，不曾开看，莫不人气蒸烂了？趁着众人不在，看看则个。』叫那水手在舱板底下翻将起来，打开了篓看时，面上多是好好的。放心不下，索性搬将出来，都摆在甲板上面。也是合该发迹，时来福凑。摆得满船红焰焰的，远远望来，就是万点火光，一天星斗。岸上走的人，都拢将来问道：『是甚么好东西呀？』文若虚只不答应。看见中间有个把一点头的，拣了出来，掐破就吃。岸上看的一发多了，惊笑道：『元来是吃得的！』就中有个好事的，便来问价：『多少一个？』文若虚不省得他们说话，船上人却晓得，就扯个谎哄他，竖起一个指头，说：『要一钱一颗。』那问的人揭开长衣，露出那兜罗锦红裹肚来，一手摸出银钱一个来，道：『买一个尝尝。』文若虚接了银钱，手中等等看，约有两把重。心下想道：『不知这些银子，要买多少，也不见秤秤，且先把一个与他看样。』拣个大些的，红得可爱的，递一个上去。只见那个人接上手，颠了一颠道：『好东西呀！』扑的就劈开来，香气扑鼻。连旁边闻着的许多人，大家喝一声采。那买的不知好歹，看见船上吃法，也学他去了皮，却不分囊，一块塞在口里，甘水满咽喉，连核都不吐，吞下去了。哈哈大笑道：『妙哉！妙哉！』又伸手到裹肚里，摸出十个银钱来，说：『我要买十个进奉去。』文若虚喜出望外，拣十个与他去了。那看的人见那人如此买去了，也有买一个的，也有买两个、三个的，都是一般银钱。买了的，都千欢万喜去了。

元来彼国以银为钱，上有文采。有等龙凤文的，最贵重，其次人物，又次禽兽，又次树木，最下通用的，是水草。却都是银铸的，分两不异。适才买橘的，都是一样水草纹的，他道是把下等钱买了好东西去了，所以欢喜。也只是要小便宜肚肠，与中国人一样。须臾之间，三停里卖了二停。有的不带钱在身边的，老大懊悔，急忙取了钱转来。文若虚已此剩不多了，拿一个班道：『而今要留着自家用，不卖了。』其人情愿再增一个钱，四个钱买了二颗。口中哓哓说：『悔气！来得迟了。』旁边人见他增了价，就埋怨道：『我每还要买个，如何把价钱增长了他的？』买的人道：『你不听得他方才说，兀自不卖了？』

正在议论间，只见首先买十个的那一个人，骑了一匹青骢马，飞也似奔到船边，下了马，分开人从，对船上大喝道：『不要零卖！不要零卖！是有的俺多要买。俺家头目要买去进克汗哩。』看的人听见这话，便远远走开，站住了看。文若虚是伶俐的人，看见来势，已瞧科在眼里，晓得是个好主顾了。连忙把篓里尽数倾出来，止剩五十余颗。数了一数，又拿起班来说道：『适间讲过要留着自用，不得卖了。今肯加些价钱，再让几颗去罢。适间已卖出两个钱一颗了。』其人在马背上拖下一大囊，摸出钱来，另是一样树木纹的，说道『如此钱一个罢了。』文若虚道：『不情愿，只照前样罢了。』那人笑了一笑，又把手去摸出一个龙凤纹的来道：『这样的一个如何？』文若虚又道：『不情愿，只要前样的。』那人又笑道：『此钱一个抵百个，料也没得与你，只是

初刻拍案惊奇

与你要。你不要俺这一个，却要那等的，是个傻子！你那东西，肯都与俺了，俺再加你一个那等的，也不打紧。』文若虚数了一数，有五十二颗，准准的要了他一百五十六个水草银钱。那人连竹篓都要了，又丢了一个钱，把篓拴在马上，笑吟吟地一鞭去了。看的人见没得卖了，一哄而散。

文若虚见人散了，到舱里把一个钱秤一秤，有八钱七分多重。秤过数个都是一般。总数一数，共有一千个差不多。把两个赏了船家，其余收拾在包里了。笑一声道：『那盲子好灵卦也！』欢喜不尽，只等同船人来对他说笑则个。

说话的，你说错了！那国里银子这样不值钱，如此做买卖，那久惯漂洋的带去多是绫罗缎匹，何不多卖了些银钱回来，一发百倍了？看官有所不知：那国里见了绫罗等物，都是以货交兑。我这里人也只是要他货物，才有利钱，若是卖他银钱时，他都把龙凤、人物的来交易，作了好价钱，分两也只得如此，反不便宜。如今是买吃口东西，他只认做把低钱交易，我却只管分两，所以得利了。说话的，你又说错了！依你说来，那航海的，何不只买吃口东西，只换他低钱，岂不有利？反着重本钱，置他货物怎地？看官，又不是这话。也是此人偶然有此横财，带去着了手。若是有心第二遭再带去，三五日不遇巧，等得希烂。那文若虚运未通时卖扇子就是榜样。扇子还放得起的，尚且如此，何况果品？是这样执一论不得的。

闲话休题。且说众人领了经纪主人到船发货，文若虚把上头事说了一遍。众人都惊喜道：『造化！造化！我们同来，到是你没本钱的先得了手也！』张大便拍手道：『人都道他倒运，而今想是运转了！』便对文若虚道：『你这些银钱，此间置货，作价不多。除是转发在伙伴中，回他几百两中国货物，上去打换些土产珍奇，带转去，有大利钱，也强如虚藏此银钱在身边，无个用处。』文若虚道：『我是倒运的，将本求财，从无一遭不连本送的。今承诸公挈带，做此无本钱生意，偶然侥幸一番，真是天大造化了，如何还要生钱，妄想甚么？万一如前再做折了，难道再有洞庭红这样好卖不成？』众人多道：『我们用得着的是银子，有的是货物。彼此通融，大家有利，有何不可？』文若虚道：『一年吃蛇咬，三年怕草索。说到货物，我就没胆气了。只是守了这些银钱回去罢。』众人齐拍手道：『放着几倍利钱不取，可惜！可惜！』随同众人一齐上去，到了店家交货明白，彼此兑换。约有半月光景，文若虚眼中看过了若干好东西，他已自志得意满，不放在心上。

众人事体完了，一齐上船，烧了神福，吃了酒，开洋。行了数日，忽然间天变起来。但见：

乌云蔽日，黑浪掀天。蛇龙戏舞起长空，鱼鳖惊惶潜水底。艨艟泛泛，只如栖不定的数点寒鸦；岛屿浮浮，便似没不煞的几只水鹈。舟中是方扬的米簸，舷外是正熟的饭锅。总因风伯太无情，以致篙师多失色。

那船上人见风起了，扯起半帆，不问东西南北，随风势漂去。隐隐望见一岛，便带住篷脚，只看着岛边使来。看看渐近，恰是一个无人的空岛。但见：

树木参天，草莱遍地。荒凉径界，无非些兔迹狐踪；坦迤土壤，料不是龙潭虎窟。混茫内，未识应归何国辖；开辟来，不知曾否有人登。

船上人把船后抛了铁锚，将桩橛泥犁上岸去钉停当了，对舱里道：『且安心坐一坐，候风势则个。』那文若虚身边有了银子，恨不得插翅飞到家里，巴不得行路，却如此守风呆坐，心里焦燥。对众人

道：『我且上岸去岛上望望则个。』众人道：『一个荒岛，有何好看？』文若虚道：『总是闲着，何碍？』众人都被风颠得头晕，个个是呵欠连天，不肯同去。文若虚便自一个抖擞精神，跳上岸来，只因此一去，有分交：

十年败壳精灵显，一介穷神富贵来。

若是说话的同年生，并时长，有个未卜先知的法儿，便双脚走不动，也拄个拐儿随他同去一番，也不枉的。

却说文若虚见众人不去，偏要发个狠，板藤附葛，直走到岛上绝顶。那岛也若不甚高，不费甚大力，只是荒草蔓延，无好路径。到得上边打一看时，四望漫漫，身如一叶，不觉凄然掉下泪来。心里道：『想我如此聪明，一生命蹇。家业消亡，剩得只身，直到海外。虽然侥幸有得千来个银钱在囊中，知他命里是我的不是我的？今在绝岛中间，未到实地，性命也还是与海龙王合着的哩！』正在感怆，只见望去远远草丛中一物突高。移步往前一看，却是床大一个败龟壳。大惊道：『不信天下有如此大龟！世上人那里曾看见？说也不信的。我自到海外一番，不曾置得一件海外物事，今我带了此物去，也是一件希罕的东西，与人看看，省得空口说着，道是苏州人会调谎。又且一件，锯将开来，一盖一板，各置四足，便是两张床，却不奇怪！』遂脱下两只裹脚接了，穿在龟壳中间，打个扣儿，拖了便走。

走至船边，船上人见他这等模样，都笑道：『文先生那里又跎了纤来？』文若虚道：『好教列位得知，这就是我海外的货了。』众人抬头一看，却便似一张无柱有底的硬床。吃惊道：『好大龟壳！你拖来何干？』文若虚道：『也是罕见的，带了他去。』众人笑道：『好货不置一件，要此何用？』有的道：『也有用处。有甚么天大的疑心事，灼他一卦，只没有这样大龟药。』又有的道：『医家要煎龟膏，拿去打碎了煎起来，也当得几百个小龟壳。』文若虚道：『不要管有用没用，只是希罕，又不费本钱，便带了回去。』当时叫个船上水手，一抬抬下舱来。初时山下空阔，还只如此，舱中看来，一发大了。若不是海船，也着不得这样狼犺东西。众人大家笑了一回，说道：『到家时有人问，只说文先生做了偌大的乌龟买卖来了。』文若虚道：『不要笑，我好歹有一个用处，决不是弃物。』随他众人取笑，文若虚只是得意。取些水来内外洗一洗净，抹干了，却把自己钱包行李都塞在龟壳里面，两头把绳一绊，却当了一个大皮箱子。自笑道：『兀的不眼前就有用处了？』众人都笑将起来，道：『好算计！好算计！文先生到底是个聪明人。』

当夜无词。次日风息了，开船一走。不数日，又到了一个去处，却是福建地方了。才住定了船，就有一伙惯伺候接海客的小经纪牙人，攒将拢来，你说张家好，我说李家好，拉的拉，扯的扯，嚷个不住。船上众人拣一个一向熟识的跟了去，其余的也就住了。

众人到了一个波斯胡大店中坐定。里面主人见说海客到了，连忙先发银子，唤厨户包办酒席几十桌。分付停当，然后踱将出来。这主人是个波斯国里人，姓个古怪姓，是玛瑙的『玛』字，叫名玛宝哈，专一与海客兑换珍宝货物，不知有多少万数本钱。众人走海过的，都是熟主熟客，只有文若虚不曾认得。抬眼看时，元来波斯胡住得在中华久了，衣服言动都与中华不大分别。只是剃眉剪须，深眼高鼻，有些古怪。出来见了众人，行宾主礼，坐定了。两杯茶罢，站起身来，请到一个大厅上。只见酒筵多完备了，且是摆得济楚。元来旧规，海船一到，主人家先折过这一番款待，然后发货讲价的。主人家手执着一副法浪菊花盘盏，拱一拱手道：『请列位货单一看，好定坐席。』

初刻拍案惊奇

看官，你道这是何意？元来波斯胡以利为重，只看货单上有奇珍异宝值得上万者，就送在先席。余者看货轻重，挨次坐去，不论年纪，不论尊卑，一向做下的规矩。船上众人，货物贵的贱的，多的少的，你知我知，各自心照，差不多领了酒杯，各自坐了。单单剩得文若虚一个，呆呆站在那里。主人道：『这位老客长，不曾会面，想是新出海外的，置货不多了。』众人大家说道：『这是我们好朋友，到海外要去的。身边有银子，却不曾肯置货。今日没奈何，只得屈他在末席坐了。』文若虚满面羞惭，坐了末位。主人坐在横头。饮酒中间，这一个说道我有猫儿眼多少，那一个说我有祖母绿多少，你夸我逞。文若虚一发嘿嘿无言，自心里也微微有些懊悔道：『我前日该听他们劝，置些货物来的是。今枉有几百银子在囊中，说不得一句说话。』又自叹了口气道：『我原是一些本钱没有的，今已大幸，不可不知足。』自思自忖，无心发兴吃酒。众人却猜掌行令，吃得狼藉。主人是个积年，看出文若虚不快活的意思来，不好说破，虚劝了他几杯酒。众人都起身道：『酒勾了，天晚了，趁早上船去，明日发货罢。』别了主人去了。

主人撤了酒席，收拾睡了。明日起个清早，先走到海岸船边，来拜这伙客人。主人登舟，一眼瞅去，那舱里狼狼犺犺这件东西，早先看见了，吃了一惊道：『这是那一位客人的宝货？昨日席上并不曾说起，莫不是不要卖的？』众人都笑指道：『此敝友文兄的宝货。』中有一人衬道：『又是滞货。』主人看了文若虚一看，满面挣得通红，带了怒色，埋怨众人道：『我与诸公相处多年，如何恁地作弄我？教我得罪于新客，把一个末座屈了他，是何道理！』一把扯住文若虚，对众客道：『且慢发货，容我上岸谢过罪着。』众人不知其故。有几个与文若虚相知些的，又有几个喜事的，觉得有些古怪，共十余人，赶了上来，重到店中，看是如何。只见主人拉了文若虚，把交椅整一整，不管众人好歹，纳他头一位坐下了，道：『适间得罪得罪，且请坐一坐。』文若虚也心中镬铎，忖道：『不信此物是宝贝，这等造化不成？』

主人走了进去，须臾出来，又拱众人到先前吃酒去处，又早摆下几桌酒，为首一桌，比先更齐整。把盏向文若虚一揖，就对众人道：『此公正该坐头一席。你每枉自一船货，也还赶他不来。先前失敬失敬。』众人看见，又好笑，又好怪，半信不信的，一带儿坐下了。酒过三杯，主人就开口道：『敢问客长，适间此宝，可肯卖否？』文若虚是个乖人，趁口答应道：『只要有好价钱，为甚不卖？』那主人听得肯卖，不觉喜从天降，笑逐颜开，起身道：『果然肯卖，但凭分付价钱，不敢吝惜。』文若虚其实不知值多少，讨少了，怕不在行；讨多了，怕吃笑。忖了一忖，面红耳热，颠倒讨不出价钱来。张大便与文若虚丢个眼色，将手放在椅子背后，竖着三个指头，再把第二个指空中一撇，道：『索性讨他这些。』文若虚摇头，竖一指道：『这些我还讨不出口在这里。』却被主人看见道：『果是多少价钱？』张大捣一个鬼道：『依文先生手势，敢像要一万哩！』主人呵呵大笑道：『这是不要卖，哄我而已。此等宝物，岂止此价钱！』众人见说，大家目睁口呆，都立起了身来，扯文若虚去商议道：『造化！造化！想是值得多哩。我们实实不知如何定价，文先生不如开个大口，凭他还罢。』文若虚终是碍口识羞，待说又止。众人道：『不要不老气！』主人又催道：『实说说何妨？』文若虚只得讨了五万两。主人还摇头道：『罪过，罪过。没有此话。』扯着张大私问他道：『老客长们海外往来，不是一番了。人都叫你张识货，岂有不知此物就里的？必是无心卖他，奚落小肆罢了。』张大道：『实不瞒你说，这个是我的好朋友，同了海外玩耍的，故此不曾置货。适间此物，乃是避风海岛，偶然得来，不是出价置办的，故此不识得价钱。若果有这五万与他，勾他富贵一生，他也心满意足了。』主人道：『如此说，要你做个大大保人，当有重谢，万万不可翻悔！』遂叫店小二拿出文房四宝来，主人家将一张供单绵料纸折了一折，拿笔递与张大道：『有烦老客长做主，写个合同文书，好成交易。』张大指着同来一人道：『此位客人褚中颖，写得好。』把纸笔让与他。褚客磨得墨浓，展好纸，提起笔来写道：

立合同议单张乘运等。今有苏州客人文实，海外带来大龟壳一个，投至波斯玛宝哈店，愿出银五万两买成。议定立契之后，一家交货，一家交银，各无翻悔。有翻悔者，罚契上加一。合同为照。

一样两纸，后边写了年月日，下写张乘运为头，一连把在坐客人十来个写去。褚中颖因自己执笔，写了落末。年月前边空行中间，将两纸凑着，写了骑缝一行，两边各半乃是『合同议约』四字。下写『客人文实，主人玛宝哈』，各押了花押。单上有名，从后头写起，写到张乘运，道：『我们押字钱重些，这买卖才弄得成。』主人笑道：『不敢轻，不敢轻。』

写毕，主人进内，先将银一箱抬出来道：『我先交明白了用钱，还有说话。』众人攒将拢来。主人开箱，却是五十两一包，共总二十包，整整一千两。双手交与张乘运道：『凭老客长收明，分与众位罢。』众人初然吃酒、写合同，大家撺哄鸟乱，心下还有些不信的意思，如今见他拿出精晃晃白银来做用钱，方知是实。文若虚恰像梦里醉里，话都说不出来，呆呆地看。张大扯他一把道：『这用钱如何分散，也要文兄主张。』文若虚方说一句道：『且完了正事慢处。』只见主人笑嘻嘻的，对文若虚说道：『有一事要与客长商议：价银现在里面阁儿

上，都是向来兑过的，一毫不少，只消请客长一两位进去，将一包过一过目，兑一兑为准，其余多不消兑得。却又一说，此银数不少，搬动也不是一时工夫，况且文客官是个单身，如何好将下船去？又要泛海回还，有许多不便处。』文若虚想了一想道：『见教得极是。而今却待怎样？』主人道：『依着愚见，文客官目下回去未得。小弟此间有一个缎匹铺，有本三千两在内。其前后大小厅屋楼房，共百余间，也是个大所在。价值二千两，离此半里之地。愚见就把本店货物及房屋文契，作了五千两，尽行交与文客官，就留文客官在此住下了，做此生意。其银也做几遭搬了过去，不知不觉。日后文客官要回去，这里可以托心腹伙计看守，便可轻身往来。不然小店支出不难，文客官收贮却难也。愚意如此。』说了一遍，说得文若虚与张大跌足道：『果然是客纲客纪，句句有理。』文若虚道：『我家里原无家小，况且家业已尽了，就带了许多银子回去，没处安顿。依了此说，我就在这里，立起个家缘来，有何不可？此番造化，一缘一会，都是上天作成的，只索随缘做去。便是货物房产价钱，未必有五千，总是落得的。』便对主人说：『适间所言，诚是万全之算，小弟无不从命。』

主人便领文若虚进去阁上看，又叫张、褚二人：『一同去看看。其余列位不必了，请略坐一坐。』他四人进去。众人不进去的，个个伸头缩颈，你三我四说道：『有此异事！有此造化！早知这样，懊悔岛边泊船时节也不去走走，或者还有宝贝，也不见得。』有的道：『这是天大的福气，撞将来的，如何强得？』正欣羡间，文若虚已同张、褚二客出来了。众人都问：『进去如何了？』张大道：『里边高阁，是个土库，放银两的所在，都是桶子盛着。适间进去看了，十个大桶，每桶四千，又五个小匣，每个一千，共是四万五千。已将文兄的封皮记号封好了，只等交了货，就是文兄的。』主人出来道：『房屋文书、缎匹帐目，俱已在此，凑足五万之数了。且到船上取货去。』一拥都到海船来。

文若虚于路对众人说：『船上人多，切勿明言！小弟自有厚报。』众人也只怕船上人知道，要分了用钱去，各各心照。文若虚到了船上，先向龟壳中把自己包裹被囊取出了。手摸一摸壳，口里暗道：『侥幸！侥幸！』主人便叫店内后生二人来抬此壳，分付道：『好生抬进去，不要放在外边。』船上人见抬了此壳去，便道：『这个滞货也脱手了，不知卖了多少？』文若虚只不做声，一手提了包裹，往岸上就走。这起初同上来的几个，又赶到岸上，将龟壳从头到尾细看了一遍，又向壳内张了一张，挥了一挥，面面相觑道：『好处在那里？』

主人仍拉了这十来个一同上去。到店里，说道：『而今且同文客官看了房屋铺面来。』众人与主人一同走到一处，正是闹市中间，一所好大房子。门前正中是个铺子，旁有一巷，走进转个弯，是两扇大石板门，门内大天井，上面一所大厅，厅上有一匾，题曰『来琛堂』。堂旁有两楹侧屋，屋内三面有橱，橱内都是绫罗各色缎匹。以后内房楼房甚多。文若虚暗道：『得此为住居，王侯之家不过如此矣。况又有缎铺营生，利息无尽，便做了这里客人罢了，还思想家里做甚？』就对主人道：『好却好，只是小弟是个孤身，毕竟还要寻几房使唤的人才住得。』主人道：『这个不难，都在小店身上。』

文若虚满心欢喜，同众人走归本店来。主人讨茶来吃了，说道：『文客官今晚不消船里，就在铺中住下了。使唤的人，铺中现有，逐渐再讨便是。』众客人多道：『交易事已成，不必说了。只是我们毕竟有些疑心，此壳有何好处，值价如此？还要主人见教一个明白。』文若虚道：『正是，正是。』主人笑道：『诸公枉了海上走了多

遭，这些也不识得！列位岂不闻说龙有九子乎？内有一种是鼍龙，其皮可以幔鼓，声闻百里，所以谓之鼍鼓。鼍龙万岁，到底蜕下此壳成龙。此壳有二十四肋，按天上二十四气，每肋中间节内有大珠一颗。若是肋未完全时节，成不得龙，蜕不得壳。也有生捉得他来，只好将皮幔鼓，其肋中也未有东西。直待二十四肋，肋肋完全，节节珠满，然后蜕了此壳变龙而去。故此是天然蜕下，气候俱到，肋节俱完的，与生擒活捉、寿数未满的不同，所以有如此之大。这个东西，我们肚中虽晓得，知他几时蜕下？又在何处地方守得他着？壳不值钱，其珠皆有夜光，乃无价宝也！今天幸遇巧，得之无心耳。』众人听罢，似信不信。只见主人走将进去了一会，笑嘻嘻的走出来，袖中取出一西洋布的包来，说道：『请诸公看看。』解开来，只见一团绵裹着寸许大一颗夜明珠，光彩夺目。讨个黑漆的盘，放在暗处，其珠滚一个不定，闪闪烁烁，约有尺余亮处。众人看了，惊得目睁口呆，伸了舌头，收不进来。主人回身转来，对众客逐个致谢道：『多蒙列位作成了。只这一颗，拿到咱国中，就值方才的价钱了；其余多是尊惠。』众人个个心惊，却是说过的话又不好翻悔得。

主人见众人有些变色，取了珠子，急急走到里边，又叫抬出一个缎箱来。除了文若虚，每人送与缎子二端，说道：『烦劳了列位，做两件道袍穿穿，也见小肆中薄意。』袖中摸出细珠十数串，每送一串，道：『轻鲜，轻鲜，备归途一茶罢了。』文若虚处另是粗些的珠子四串，缎子八匹，道是：『权且做几件衣服。』文若虚同众人欢喜作谢了。

主人就同众人送了文若虚到缎铺中，叫铺里伙计后生们都来相见，说道：『今番是此位主人了。』主人自别了去，道：『再到小店中去去来。』只见须臾间数十脚夫扛了好些扛来，把先前文若虚封记的十桶五匣都发来了。文若虚搬在一个深密谨慎的卧房里头去处，出来对众人道：『多承列位挈带，有此一套意外富贵，感谢不尽。』走进去把自家包裹内所卖洞庭红的银钱倒将出来，每人送他十个，止有张大与先前出银助他的两三个，分外又是十个。道：『聊表谢意。』

此时文若虚把这些银钱看得不在眼里了。众人却是快活，称谢不尽。文若虚又拿出几十个来，对张大说道：『有烦老兄将此分与船上同行的人，每位一个，聊当一茶。小弟在此间，有了头绪，慢慢到本乡来。此时不得同行，就此为别了。』张大道：『还有一千两用钱，未曾分得，却是如何？须得文兄分开，方没得说。』文若虚道：『这倒忘了。』就与众人商议，将一百两散与船上众人，余九百两照现在人数，另外添出两股，派了股数，各得一股。张大为头的，褚中颖执笔的，多分一股。众人千欢万喜，没有说话。内中一人道：『只是便宜了这回回，文先生还该起个风，要他些不敷才是。』文若虚道：『不要不知足，看我一个倒运汉，做着便折本的，造化到来，平空地有此一主财爻。可见人生分定，不必强求。我们若非这主人识货，也只当得废物罢了。还亏他指点晓得，如何还好昧心争论？』众人都道：『文先生说得是。存心忠厚，所以该有此富贵。』大家千恩万谢，各各赍了所得东西，自到船上发货。

从此，文若虚做了闽中一个富商，就在那里取了妻小，立起家业。数年之间，才到苏州走一遭，会会旧相识，依旧去了。至今子孙繁衍，家道殷富不绝。正是：

运退黄金失色，时来顽铁生辉。
莫与痴人说梦，思量海外寻龟。

第二回

姚滴珠避羞惹羞　郑月娥将错就错

诗云：

自古人心不同，尽道有如其面。
假饶容貌无差，毕竟心肠难变。

话说人生只有面貌最是不同，盖因各父母所生，千支万派，那能勾一模一样的？就是同父合母的兄弟，同胞双生的儿子，道是相像得紧，毕竟仔细看来，自有些少不同去处。却又作怪，尽有途路各别、毫无干涉的人，蓦地有人生得一般无二，假充得真的：从来正书上面说，孔子貌似阳虎，以致匡人之围，是恶人像了圣人。传奇上边说，周坚死替赵朔，以解下宫之难，是贱人像了贵人。是个解不得的道理。

按《西湖志余》上面，宋时有一事，也为面貌相像，骗了一时富贵，享用十余年，后来事败了的。却是靖康年间，金人围困汴梁，徽、钦二帝蒙尘北狩，一时后妃公主被虏去的甚多。内中有一公主，名曰柔福，乃是钦宗之女，当时也被掳去。后来高宗南渡称帝，改号建炎，四年，忽有一女子诣阙自陈，称是柔福公主，自虏中逃归，特来见驾。高宗心疑道：『许多随驾去的臣宰尚不能逃，公主鞋弓袜小，如何脱离得归来？』颁诏令旧时宫人看验，个个说道：『是真的，一些不差。』及问他宫中旧事，对答来皆合。几个旧时的人，他都叫得姓名出来。只是众人看见一双足，却大得不像样，都道：『公主当时何等小足，今却这等，止有此不同处。』以此回复圣旨。高宗临轩亲认，却也认得，诘问他道：『你为何恁般一双脚了？』女子听得，啼哭起来，道：『这些臊羯奴，聚逐便如牛马一般。今乘间脱逃，赤脚奔走，到此将有万里，岂能尚保得一双纤足，如旧时模样耶？』高宗听得，甚是惨然。颁诏特加号福国长公主，下降高世綮，做了附马都尉。其时汪龙溪草制，词曰：

彭城方急，鲁元尝困于面驰；江左既兴，益寿宜充于禁脔。

那鲁元是汉高帝的公主，在彭城失散，后来复还的。益寿是晋驸马谢混的小名，江左中兴，元帝公主下降的。故把来比他两人，甚为初当。自后夫荣妻贵，恩赉无算。

其时高宗为母韦贤妃在虏中，年年费尽金珠求赎，遥尊为显仁太后。和议既成，直到绍兴十二年自虏中回銮，听见说道：『柔福公主进来相见。』太后大惊道：『那有此话？柔福在虏中受不得苦楚，死已多年，是我亲看见的。那得又有一个柔福？是何人假出来的？』发下旨意，着法司严刑究问。法司奉旨，提到人犯，用起刑来。那女子熬不得，只得将真情招出道：『小的每本是汴梁一个女巫。靖康之乱，有宫中女婢逃出民间，见了小的每，误认做了柔福娘娘，口中厮唤。小的每惊问，他便说小的每与娘娘面貌一般无二。因此小的每有了心，日逐将宫中旧事问他，他日日衍说得心下习熟了，故大胆冒名自陈，贪享这几时富贵，道是永无对证的了。谁知太后回銮，也是小的每福尽灾生，一死也不枉了。』问成罪名。高宗见了招伏，大骂：『欺君贼婢！』立时押付市曹处决，抄没家私入官。总计前后锡赉之数，也有四十六万缗钱。虽然没结果，却是十余年间，也受用得勾了。只为一个容颜厮像，一时骨肉旧人都认不出来，若非太后复还，到底被他瞒过，那个再有疑心的？就是死在太后未还之先，也是他便宜多了。天理不容，自然败露。

今日再说一个容貌厮像，弄出好些奸巧希奇的一场官司来。正是：

自古唯传伯仲偕，谁知异地巧安排。
试看一样滴珠面，惟有人心再不谐。

话说国朝万历年间，徽州府休宁县荪田乡姚氏有一女，名唤滴珠。年方十六，生得如花似玉，美冠一方。父母俱在，家道殷富，宝惜异常，娇养过度。凭媒说合，嫁与屯溪潘甲为妻。看来世间听不得的最是媒人的口。他要说了穷，石崇也无立锥之地。他要说了富，范丹也有万顷之财。正是富贵随口定，美丑趁心生，再无一句实话的。那屯溪潘氏虽是个旧姓人家，却是个破落户，家道艰难，外靠男子出外营生，内要女人亲操井臼，吃不得闲饭过日的了。这个潘甲虽是人物也有几分像样，已自弃儒为商。况且公婆甚是狠戾，动不动出口骂詈，毫没些好歹。滴珠父母误听媒人之言，道他是好人家，把一块心头的肉嫁了过来。少年夫妻却也过得恩爱，只是看了许多光景，心下好生不然，如常偷掩泪眼。潘甲晓得意思，把些好话偎他过日子。

却早成亲两月，潘父就发作儿子道：『如此你贪我爱，夫妻相对，白白过世不成？如何不想去做生意？』潘甲无奈，与妻滴珠说了，两个哭一个不住，说了一夜话。次日潘父就逼儿子出外去了。滴珠独自一个，越越凄惶，有情无绪。况且是个娇养的女儿，新来的媳妇，摸头路不着，没个是处，终日闷闷过了。

潘父潘母看见媳妇这般模样，时常急聒，骂道：『这婆娘想甚情人？害相思病了！』滴珠生来在父母身边如珠似玉，何曾听得这般声气？不敢回言，只得忍着气，背地哽哽咽咽，哭了一会罢了。一日，因滴珠起得迟了些个，公婆朝饭要紧，猝地答应不迭。潘公开口骂道：『这样好吃懒做的淫妇，睡到这等日高才起来！看这自由自在的模样，除非去做娼妓，倚门卖俏，撺哄子弟，方得这样快活像意。若要做人家，是这等不得！』滴珠听了，便道：『我是好人家儿女，便做道有些不是，直得如此作贱说我！』大哭一场，没分诉处。到得夜里睡不着，越思量越恼，道：『老无知！这样说话，须是公道上去不得。我忍耐不过，且跑回家去告诉爹娘。明明与他执论，看这话是该说的不该说的！亦且借此为名，赖在家多住几时，也省了好些气恼。』算计定了。侵晨未及梳洗，将一个罗帕兜头扎了，一口气跑到渡口来。说话的，若是同时生、并年长，晓得他这去不尴尬，拦腰抱住，擗胸扯回，也不见得后边若干事件来。

只因此去，天气却早，虽是已有行动的了，人踪尚稀，渡口悄然。这地方有一个专一做不好事的光棍，名唤汪锡，绰号『雪里蛆』，是个冻饿不怕的意思。也是姚滴珠合当悔气，撞着他独自个溪中乘了竹筏。未到渡口，望见了个花朵般后生妇人，独立岸边，又且头不梳裹，满面泪痕，晓得有些古怪。在筏上问道：『娘子要渡溪么？』滴珠道：『正要过去。』汪锡道：『这等，上我筏来。』一口叫：『放仔细些！』一手去接他下来。上得筏，一篙撑开，撑到一个僻静去处，问道：『娘子，你是何等人家？独自一个要到那里去？』滴珠道：『我自要到荪田娘家去。你只送我到渡口上岸，我自认得路，管我别事做甚？』汪锡道：『我看娘子头不梳，面不洗，泪眼汪汪，独身自走，必有跷蹊作怪的事。说得明白，才好渡你。』滴珠在个水中央了，又且心里急要回去，只得把丈夫不在家了，如何受气的上项事，一头说，一头哭，告诉了一遍。汪锡听了，便心下一想，转身道：『这等说，却渡你去不得。你起得没好意了，放你上岸，你或是逃去，或是寻死，或是被别人拐了去，后来查出是我渡你的，我却替你吃没头官司。』滴珠道：『胡说！

我自是娘家去，如何是逃去？若我寻死路，何不投水，却过了渡去自尽不成？我又认得娘家路，没得怕人拐我！』汪锡道：『却是信你不过，既要娘家去，我舍下甚近，你且上去我家中坐了，等我走去对你家说了，叫人来接收去，却不两边放心得下？』滴珠道：『如此也好。』正是女流之辈，无大见识，亦且一时无奈，拗他不过。还只道好心，随了他来。

上得岸时，转弯抹角，到了一个去处。引进几重门户，里头房室甚是幽静清雅，但见：

明窗静几，锦帐文茵。庭前有数种盆花，座内有几张素椅。壁间纸画周之冕，桌上砂壶时大彬。窄小蜗居，虽非富贵王侯宅；清闲螺径，也异寻常百姓家。

元来这个所在，是这汪锡一个囤子，专一设法良家妇女到此，认作亲戚，拐那一等浮浪子弟、好扑花行径的，引他到此，勾搭上了，或是片时取乐，或是迷了的，便做个外宅居住，赚他银子无数。若是这妇女无根蒂的，他等有贩水客人到，肯出一注大钱，就卖了去为娼。已非一日。今见滴珠行径，就起了个不良之心，骗他到此。那滴珠是个好人家儿女，心里尽爱清闲，只因公婆凶悍，不要说日逐做烧火、煮饭、熬锅、打水的事，只是油盐酱醋，他也拌得头疼了。见了这个干净精致所在，不知一个好歹，心下到有几分喜欢。那汪锡见他无有慌意，反添喜状，便觉动火。走到跟前，双膝跪下求欢。滴珠就变了脸起来：『这如何使得？我是好人家儿女，你元说留我到此坐着，报我家中。青天白日，怎地拐人来家，要行局骗？若逼得我紧，我如今真要自尽了！』说罢，看见桌上有点灯铁签，捉起来望喉间就刺。汪锡慌了手脚，道：『再从容说话，小人不敢了。』元来汪锡只是拐人骗财，利心为重，色上也不十分要紧，恐怕真个做出事来，没了一场好买卖。吃这一惊，把那一点勃勃的春兴，丢在爪哇国里去了。

他走到后头去好些时，叫出一个老婆子来，道：『王嬷嬷，你陪这里娘子坐坐，我到他家去报一声就来。』滴珠叫他转来，说明了地方及父母名姓，叮嘱道：『千万早些叫他们来，我自有重谢。』汪锡去了。那老嬷嬷去掇盆脸水，拿些梳头家火出来，叫滴珠梳洗。立在旁边呆看，插口问道：『娘子何家宅眷？因何到此？』滴珠把上项事，是长是短，说了一遍。那婆子就故意跌跌脚道：『这样老杀才，不识人！有这样好标致娘子做了媳妇，折杀了你，不羞？还舍得出毒口骂他，也是个没人气的！如何与他一日相处？』滴珠说着心事，眼中滴泪。婆子便问道：『今欲何往？』滴珠道：『今要到家里告诉爹娘一番，就在家里权避几时，待丈夫回家再处。』婆子就道：『官人几时回家？』滴珠又垂泪道：『做亲两月，就骂着逼出去了，知他几时回来？没个定期。』婆子道：『好没天理！花枝般一个娘子，叫他独守，又要骂他。娘子，你莫怪我说。你而今就回去得几时，少不得要到公婆家去的。你难道躲得在娘家一世不成？这腌臜烦恼是日长岁久的，如何是了？』滴珠道：『命该如此，也没奈何了。』婆子道：『依老身愚见，只教娘子快活享福，终身受用。』滴珠道：『有何高见？』婆子道：『老身往来的是富家大户、公子王孙，有的是斯文俊俏少年子弟。娘子，你不消问得的，只是看得中意的，拣上一个。等我对他说成了，他把你像珍宝一般看待，十分爱惜。吃自在食，着自在衣，纤手不动，呼奴使婢，也不枉了这一个花枝模样。强如守空房、做粗作、淘闲气万万倍了。』那滴珠是受苦不过的人，况且小小年纪，妇人水性，又想了夫家许多不好处，听了这一片话，心里动了，便道：『使不得，有人知道了，怎好？』

婆子道：『这个所在，外人不敢上门，神不知，鬼不觉，是个极密的所在。你住两日起来，天上也不要去了。』滴珠道：『适间已叫那撑筏的，报家里去了。』婆子道：『那是我的干儿，恁地不晓事，去报这个冷信。』正说之间，只见一个人在外走进来，一手揪住王婆道：『好！好！青天白日，要哄人养汉，我出首去。』滴珠吃了一惊，仔细看来，却就是撑筏的那一个汪锡。滴珠见了道：『曾到我家去报不曾？』汪锡道：『报你家的鸟！我听得多时了也。王嬷嬷的言语是娘子下半世的受用，万全之策，凭娘子斟酌。』滴珠叹口气道：『我落难之人，走入圈套，没奈何了。只不要误了我的事。』婆子道：『方才说过的，凭娘子自拣，两相情愿，如何误得你？』滴珠一时没主意，听了哄语，又且房室精致，床帐齐整，恰便似：

因过竹院逢僧话，偷得浮生半日闲。

放心的悄悄住下。那婆子与汪锡两个殷殷勤勤，代替伏侍，要茶就茶，要水就水，惟恐一些不到处。那滴珠一发喜欢忘怀了。

过得一日，汪锡走出去，撞见本县商山地方一个大财主，叫得吴大郎。那大郎有百万家私，极是个好风月的人。因为平日肯养闲汉，认得汪锡，便问道：『这几时有甚好乐地么？』汪锡道：『好教朝奉得知，我家有个表侄女新寡，且是生得娇媚，尚未有个配头，这却是朝奉店里货，只是价钱重哩。』大郎道：『可肯等我一看否？』汪锡道：『不难，只是好人家害羞，待我先到家，与他堂中说话，你劈面撞进来，看个停当便是。』吴大郎会意了。汪锡先回来，见滴珠坐在房中，默默呆想。汪锡便道：『小娘子便到堂中走走，如何闷坐在房里？』王婆子在后面听得了，也走出来道：『正是。娘子外头来坐。』滴珠依言，走在外边来。汪锡就把房门带上了，滴珠坐了道：『嬷嬷，还不如等我归去休。』嬷嬷道：『娘子不要性急，我们只是爱惜娘子人材，不割舍得你吃苦，所以劝你。你再耐烦些，包你有好缘分到也。』正说之间，只见外面闯进一个人来。你道他怎生打扮？但见：

头戴一顶前一片后一片的竹简巾儿，旁缝一对左一块右一块的蜜蜡金儿，身上穿一件细领大袖青绒道袍儿，脚下着一双低跟浅面红绫僧鞋儿。若非宋玉墙边过，定是潘安车上来。

一直走进堂中道：『小汪在家么？』滴珠慌了，急掣身起，已打了个照面，急奔房门边来，不想那门先前出来时已被汪锡暗拴了，急没躲处。那王婆笑道：『是吴朝奉，便不先开个声！』对滴珠道：『是我家老主顾，不妨。』又对吴大郎道：『可相见这位娘子。』吴大郎深深唱个喏下去，滴珠只得回了礼。偷眼看时，恰是个俊俏可喜的少年郎君，心里早看上了几分了。吴大郎上下一看，只见不施脂粉，淡雅梳妆，自然内家气象，与那胭花队里的迥别。他是个在行的，知轻识重，如何不晓得？也自酥了半边，道：『娘子请坐。』滴珠终究是好人家出来的，有些羞耻，只叫王嬷嬷道：『我们进去则个。』嬷嬷道：『慌做甚么？』就同滴珠一面进去了。

出来，对吴大郎道：『朝奉看得中意否？』吴大郎道：『嬷嬷作成作成，不敢有忘。』王婆道：『朝奉有的是银子，兑出千把来，娶了回去就是。』大郎道：『又不是行院人家，如何要得许多？』嬷嬷道：『不多。你看了这个标致模样，今与你做个小娘子，难道消不得千金？』大郎道：『果要千金，也不打紧。只是我大孺人狠，专会作贱人，我虽不怕他，怕难为这小娘子，有些不便，娶回去不得。』婆子道：『这个何难？另税一所房子住了，两头做大，可不是好？前日江家有一所花园空着，要典与人，老身替你问问看，如何？』大郎道：『好便好，只

是另住了，要家人使唤，丫鬟伏侍，另起烟爨，这还小事。少不得瞒不过家里了，终日厮闹，赶来要同住，却了不得。」婆子道：「老身更有个见识，朝奉拿出聘礼娶下了，就在此间成了亲。每月出几两盘缠，替你养着，自有老身伏侍陪伴。朝奉在家，推个别事出外，时时到此来住，密不通风，有何不好？」大郎笑道：「这个却妙，这个却妙！」议定了财礼银八百两，衣服首饰办了送来，自不必说，也合着千金。每月盘费连房钱银十两，逐月支付。大郎都应允，慌忙去拿银子了。

王婆转进房里来，对滴珠道：「适才这个官人，生得如何？」元来滴珠先前虽然怕羞，走了进去，心中却还舍不得，躲在黑影里张来张去，看得分明。吴大郎与王婆一头说话，一眼觑着门里，有时露出半面，若非是有人在面前，又非是一面不曾识，两下里就做起光来了。滴珠见王婆问他，他就随口问道：「这是那一家？」王婆道：「是徽州府有名的商山吴家，他又是吴家第一个财主「吴百万」吴大朝奉。他看见你，好不喜欢哩！他要娶你回去，有些不便处。他就要娶你在此间住下，你心下如何？」滴珠一来喜欢这个干净房卧，又看上了吴大郎人物。听见说就在此间住，就像是他家里一般的，心下到有十分中意了。道：「既到这里，但凭妈妈，只要方便些，不露风声便好。」婆子道：「如何得露风声？只是你久后相处，不可把真情与他说，看得低了。只认我表亲，暗地快活便了。」

只见吴大郎抬了一乘轿，随着两个俊俏小厮，捧了两个拜匣，竟到汪锡家来。把银子交付停当了，就问道：「几时成亲？」婆子道：「但凭朝奉尊便，或是拣个好日，或是不必拣日，就是今夜也好。」吴大郎道：「今日我家里不曾做得工夫，不好造次住得。明日我推说到杭州进香取帐，过来住起罢了。拣甚么日子？」吴大郎只是色心为重，等不得拣日。若论婚姻大事，还该寻一个好日辰。今卤莽乱做，不知犯何凶煞，以致一两年内，就拆散了。这是后话。

却说吴大郎交付停当，自去了，只等明日快活。婆子又与汪锡计较定了，来对滴珠说：「恭喜娘子，你事已成了。」就拿了吴家银子四百两，笑嘻嘻的道：「银八百两，你取一半，我两人分一半做媒钱。」摆将出来，摆得桌上白晃晃的，滴珠可也喜欢。说话的，你说错了，这光棍牙婆见了银子，如苍蝇见血，怎还肯人心天理，分这一半与他？看官，有个缘故。他一者要在滴珠面前夸耀富贵，买下他心；二者总是在他家里，东西不怕他走趱那里去了，少不得逐渐哄的出来，仍旧还在。若不与滴珠些东西，后来吴大郎相处了，怕他说出真情，要倒他们的出来，反为不美。这正是老虔婆神机妙算。

吴大郎次日果然打扮得一发精致，来汪锡家成亲。他怕人知道，也不用傧相，也不动乐人，只托汪锡办下两桌酒，请滴珠出来同坐，吃了进房。滴珠起初害羞，不肯出来，后来被强不过，勉强略坐得一坐，推个事故，走进房去，扑地把灯吹息，先自睡了，却不关门。婆子道：「还是女儿家的心性，害羞，须是我们凑他趣则个。」移了灯，照吴大郎进房去。仍旧把房中灯点起了，自家走了出去，把门拽上。吴大郎是个精细的人，把门拴了，移灯到床边，揭帐一看，只见兜头睡着，不敢惊动他，轻轻的脱了衣服，吹息了灯，衬进被窝里来。滴珠叹了一口气，缩做一团。被吴大郎甜言媚语，轻轻款款，板将过来，腾的跨上去，滴珠颤笃笃的承受了。高高下下，往往来来，弄得滴珠浑身快畅，遍体酥麻。元来滴珠虽然嫁了丈夫两月，那是不在行的新郎，不曾得知这样趣味。吴大郎风月场中招讨使，被窝里事多曾占过先头的，温柔软款，自不必说。滴珠只恨相见之晚。两个千恩万爱，过了一夜。明日起来，王

婆、汪锡都来叫喜，吴大郎各各赏赐了他。自此与姚滴珠快乐，隔个把月才回家去走走，又来住宿，不题。

说话的，难道潘家不见了媳妇就罢了，凭他自在那里快活不成？看官，话有两头，却难这边说一句，那边说一句。如今且听说那潘家。自从那日早起不见媳妇煮朝饭，潘婆只道又是晏起，走到房前厉声叫他。见不则声，走进房里，把窗推开了，床里一看，并不见滴珠踪迹。骂道：「这贱淫妇那里去了？」出来与潘公说了。潘公道：「又来作怪！」料道是他娘家去，急忙走到渡口问人来。有人说道：「绝大清早，有一妇人渡河去。有认得的，道是潘家媳妇上筏去了。」潘公道：「这妮子！昨日说了他几句，就待告诉他爹娘去。恁般心性泼辣！且等他娘家住，不要去接他采他，看他待要怎的？」忿忿地跑回去，与潘婆说了。

将有十来日，姚家记挂女儿，办了几个盒子，做了些点心，差一男一妇，到潘家来问一个信。潘公道：「他归你家十来日了，如何到来这里问信？」那送礼的人吃了一惊，道：「说那里话？我家姐姐自到你家来，才得两月多，我家又不曾来接，他为何自归？因是放心不下，叫我们来望望。如何反如此说？」潘公道：「前日因有两句口面，他使个性子，跑了回家。有人在渡口见他的。他不到你家，到那里去？」那男女道：「实实不曾回家，不要错认了。」潘公炮燥道：「想是他来家说了甚么谎，您家要悔赖了别嫁人，故装出圈套，反来问信么？」那男女道：「人在你家不见了，颠倒这样说，这事必定跷蹊。」潘公听得「跷蹊」两字，大骂：「狗男女！我少不得当官告来，看你家赖了不成！」那男女见不是势头，盒盘也不出，仍旧挑了，走了回家，一五一十的对家主说了。姚公、姚妈大惊，啼哭起来道：「这等说，我那儿敢被这两个老杀才逼死了？打点告状，替他要人去。」一面来与个讼师商量告状。那潘公、潘婆死认定了姚家藏了女儿，叫人去接了儿子来家。两家都进状，都准了。

那休宁县李知县提一干人犯到官。当堂审问时，你推我，我推你。知县大怒，先把潘公夹起来。潘公道：「现有人见他过渡的。若是投河身死，须有尸首，明白是他家藏了赖人。」知县道：「说得是。」不见了人十多日，若是死了，岂无尸首踪影？毕竟藏着的是。」放了潘公，再把姚公夹起来。姚公道：「人在他家，去了两月多，自不曾归家来。若是果然当时走回家，这十来日间潘某何不着人来问一声，看一看下落？人长六尺，天下难藏。小的若是藏过了，后来就别嫁人，也须有人知道，难道是瞒得过的？老爷详察则个。」知县想了一想，道：「也说得是。如何藏得过？便藏了，也成何用？多管是与人有奸，约的走了。」潘公道：「小的媳妇虽是懒惰娇痴，小的闺门也严谨，却不曾有甚外情。」知县道：「这等，敢是有人拐的去了，或是躲在亲眷家，也不见得。」便对姚公说：「是你生得女儿不长进，况来踪去迹，毕竟是你做爷的晓得，你推不得干净。要你跟寻出来，同缉捕人役五日一比较。」就把潘公父子讨了个保，姚公肘押了出来。姚公不见了女儿，心中已自苦楚，又经如此冤枉，叫天叫地，没个道理。只得帖个寻人招子，许下赏钱，各处搜求，并无影响。且是那个潘甲不见了妻子，没出气处，只是逢五逢十就来禀官，比较捕人，未免连姚公陪打了好些板子。此事闹动了一个休宁县，城郭乡村，无不传为奇谈。亲戚之间，尽为姚公不平，却没个出豁。

却说姚家有个极密的内亲，叫做周少溪。偶然在浙江衢州做买卖，闲游柳陌花街。只见一个娼妇，站在门首献笑，好生面熟。仔细一

想，却与姚滴珠一般无二。心下想道：『家里打了两年没头官司，他却在此！』要上前去问个的确，却又忖道：『不好，不好。问他未必肯说真情。打破了网，娼家行径没根蒂的，连夜走了，那里去寻？不如报他家中知道，等他自来寻访。』元来衢州与徽州虽是分个浙、直，却两府是联界的。苦不多日到了，一一与姚公说知。姚公道：『不消说得，必是遇着歹人，转贩为娼了。』叫其子姚乙，密地拴了百来两银子，到衢州去赎身。又商量道：『私下取赎，未必成事。』又在休宁县告明缘由，使用些银子，给了一张广缉文书在身，倘有不谐，当官告理。姚乙听命，姚公就央了周少溪作伴，一路往衢州来。那周少溪自有旧主人，替姚乙另寻了一个店楼，安下行李。周少溪指引他到这家门首来，正值他在门外。姚乙看见果然是妹子，连呼他小名数声；那娼妇只是微微笑看，却不答应。姚乙对周少溪道：『果然是我妹子。只是连连叫他，并不答应，却像不认得我的。难道在此快乐了，把个亲兄弟都不招揽了？』周少溪道：『你不晓得，凡娼家龟鸨，必是生狠的。你妹子既来历不明，他家必紧防漏泄，训戒在先，所以他怕人知道，不敢当面认帐。』姚乙道：『而今却怎么通得个信？』周少溪道：『这有何难？你做个要嫖他的，设了酒，将银一两送去，外加轿钱一包，抬他到下处来，看个备细。是你妹子，密地相认了，再做道理。不是妹子，睡他娘一晚，放他去罢！』姚乙道：『有理，有理。』周少溪在衢州久做客人，都是熟路，去寻一个小闲来，拿银子去，霎时一乘轿抬到下处。那周少溪忖道：『果是他妹子，不好在此陪得。』推个事故，走了出去。姚乙也道是他妹子，有些不便，却也不来留周少溪。只见那轿里袅袅婷婷，走出一个娼妓来。但见：

一个道是妹子来，双眸注望；一个道是客官到，满面生春。一个疑道：『何不见他走近身，急认哥哥？』一个疑道：『何不见他迎着轿，忙呼姐姐？』

却说那姚乙向前看看，分明是妹子。那娼妓却笑容可掬，佯佯地道了个万福。姚乙只得坐了，不敢就认，问道：『姐姐尊姓大名，何处人氏？』那娼妓答应道：『姓郑，小字月娥，是本处人氏。』姚乙看他说出话来一口衢音，声气也不似滴珠，已自疑心了。那郑月娥就问姚乙道：『客官何来？』姚乙道：『在下是徽州府休宁县荪田姚某，父某人，母某人。』恰像那查他的脚色，三代籍贯都报将来。也还只道果是妹子，他必然承认，所以如此。那郑月娥见他说话牢叨，笑了一笑道：『又不曾盘问客官出身，何故通三代脚色？』姚乙满面通红，情知不是滴珠了。摆上酒来，三杯两盏，两个对吃。郑月娥看见姚乙只管相他面庞一会，又自言自语一会，心里好生疑惑。开口问道：『奴自不曾与客官相会，只是前日门前见客官走来走去，见了我指手点脚的，我背地同姊妹暗笑。今承宠召过来，却又屡屡相觑，却像有些委决不下的事，是什么缘故？』姚乙把言语支吾，不说明白。那月娥是个久惯接客，乖巧不过的人，看此光景，晓得有些尴尬，只管盘问。姚乙道：『这话也长，且到床上再说。』两个人各自收拾上床睡了，免不得云情雨意，做了一番的事。

那月娥又把前话提起，姚乙只得告诉他：家里事如此如此，这般这般。『因见你厮像，故此假做请你，认个明白，那知不是。』月娥道：『果然像否？』姚乙道：『举止外像一些不差，就是神色里边，有些微两样处。除是至亲骨肉，终日在面前的，用意体察，才看得出来，也算是十分像的了。若非是声音各别，连我方才也要认错起来。』月娥道：『既是这等厮像，我就做你妹子罢。』姚乙道：『又来取笑。』

月娥道：『不是取笑，我与你熟商量。你家不见了妹子，如此打官司不得了结，毕竟得妹子到了官方住。我是此间良人家儿女，在姜秀才家为妾，大娘不容，后来连姜秀才贪利忘恩，竟把来卖与这郑妈妈家了。那龟儿、鸨儿，不管好歹，动不动非刑拷打。我被他摆布不过，正要想个计策脱身。你如今认定我是你失去的妹子，我认定你是哥哥，两口同声，当官去告理，一定断还归宗。我身既得脱，仇亦可雪。到得你家，当了你妹子，官事也好完了。岂非万全之算？』姚乙道：『是到是，只是声音大不相同。且既到吾家，认做妹子，必是亲戚族属逐处明白，方像真的，这却不便。』月娥道：『人只怕面貌不像，那个声音随他改换，如何做得准？你妹子相失两年，假如真在衢州，未必不与我一般乡语了。亲戚族属，你可教导得我的。况你做起事来，还等待官司发落，日子长远，有得与你相处，乡音也学得你些。家里事务，日逐教我熟了，有甚难处？』姚乙心里先只要家里息讼要紧，细思月娥说话，尽可行得，便对月娥道：『吾随身带有广缉文书，当官一告，断还不难。只是要你一口坚认到底，却差池不得的。』月娥道：『我也为自身要脱离此处，趁此机会，如何好改得口？只是一件，你家妹夫是何等样人？我可跟得他否？』姚乙道：『我妹夫是个做客的人，也还少年老实，你跟了他也好。』月娥道：『凭他怎么，毕竟还好似为娼。况且一夫一妻，又不似先前做妾，也不误了我事了。』姚乙又与他两个赌一个誓信，说：『两个同心做此事，各不相负。如有破泄者，神明诛之！』两人说得着，已觉道快活，又弄了一火，搂抱了睡到天明。

姚乙起来，不梳头就走去寻周少溪，连他都瞒了，对他说道：『果是吾妹子，如今怎处？』周少溪道：『这行院人家不长进，替他私赎，必定不肯。待我去纠合本乡人在此处的十来个，做张呈子到太守处呈了，人众则公。亦且你有本县广缉滴珠文书可验，怕不立刻断还？只是你再送几两银子过去，与他说道：「还要留在下处几日。」使他不疑，我们好做事。』姚乙一一依言停当了。周少溪就合着一伙徽州人同姚乙到府堂，把前情说了一遍。姚乙又将县间广缉文书当堂验了。太守立刻签了牌，将郑家乌龟、老妈都拘将来。郑月娥也到公庭，一个认哥哥，一个认妹子。那众徽州人，除周少溪外，也还有个把认得滴珠的，齐声说道：『是。』那乌龟分毫不知一个情由，劈地价来，没做理会，口里乱嚷。太守只叫：『掌嘴！』又研问他是那里拐来的。乌龟不敢隐讳，招道：『是姜秀才家的妾，小的八十两银子讨的是实，并非拐的。』太守又去拿姜秀才。姜秀才情知理亏，躲了不出见官。太守断姚乙出银四十两还他乌龟身价，领妹子归宗。那乌龟买良为娼，问了应得罪名。连姜秀才前程都问革了。郑月娥一口怨气先发泄尽了。姚乙欣然领回下处，等衙门文卷叠成，银子交库给主，及零星使用，多完备了，然后起程。这几时落得与月娥同眠同起，见人说是兄妹，背地自做夫妻。枕边絮絮叨叨，把说话见识都教道得停停当当了。

在路不则一日，将到荪田，有人见他兄妹一路来了，拍手道：『好了，好了，这官司有结局了。』有的先到他家里报了的，父母俱迎出门来。那月娥装做个认得的模样，大剌剌走进门来，呼爷叫娘，都是姚乙教熟的。况且娼家行径，机巧灵变，一些不错。姚公道：『我的儿！那里去了这两年？累煞你爹也！』月娥假作哽咽痛哭，免不得说道：『爹妈这几时平安么？』姚公见他说出话来，便道：『去了两年，声音都变了。』姚妈伸手过来，拽他的手出来，捻了两捻道：『养得一手好长指甲了，去时没有的。』大家哭了一会，只有姚乙与月娥心里自明白。姚公是两年间官司累怕了，他见说女儿来了，心里放下了

一个大疙瘩，那里还辨仔细？况且十分相像，分毫不疑。至于来踪去迹，他已晓得在娼家赎归，不好细问得。巴到天明，就叫儿子姚乙同了妹子到县里来见官。

知县升堂，众人把上项事，说了一遍。知县缠了两年，已自明白，问滴珠道：『那个拐你去的，是何等人？』假滴珠道：『是一个不知姓名的男子，不由分说，逼卖与衢州姜秀才家。姜秀才转卖了出来，这先前人不知去向。』知县晓得事在衢州，隔省难以追求，只要完事，不去根究了。就抽签去唤潘甲并父母来领。那潘公、潘婆到官来，见了假滴珠道：『好媳妇呵！就去了这些时。』潘甲见了道：『惭愧！也还有相见的日子。』各各认明了，领了回去。出得县门，两亲家、两亲妈，各自请罪，认个悔气。都道一桩事完了。

隔了一晚，次日，李知县升堂，正待把潘甲这宗文卷注销立案，只见潘甲又来告道：『昨日领回去的，不是真妻子。』那知县大怒道：『刁奴才！你累得丈人家也勾了，如何还不肯休歇？』喝令扯下去打了十板。那潘甲只叫冤屈。知县道：『那衢州公文明白，你舅子亲自领回，你丈人、丈母认了不必说，你父母与你也当堂认了领去的，如何又有说话？』潘甲道：『小人争论，只要争小人的妻，不曾要别人的妻。今明明不是小人的妻，小人也不好要得，老爷也不好强小人要得。若必要小人将假作真，小人情愿不要妻子了。』知县道：『怎见得不是？』潘甲道：『面貌颇相似，只是小人妻子相与之间，有好些不同处了。』知县道：『你不要呆！敢是做过了娼妓一番，身份不比良家了。』潘甲道：『老爷，不是这话。不要说日常夫妻间私语一句也不对，至于肌体隐微，有好些不同。小人心下自明白，怎好与老爷说得？若果然是妻子，小人与他才得两月夫妻，就分散了，巴不得见他，难道到说不是，来混争闲非不成？老爷青天详察，主鉴不错。』知县见他说这一篇有情有理，大加惊诧，又不好自从断错，密密分付潘甲道：『你且从容，不要性急。就是父母、亲戚面前，俱且糊涂，不可说破，我自有处。』

李知县分付该房写告示出去遍贴，说道：『姚滴珠已经某月某日追寻到官，两家各息词讼，无得再行告扰！』却自密地悬了重赏，着落应捕十余人，四下分缉，若看了告示，有些动静，即便体察，拿来回话。

不说这里探访。且说姚滴珠与吴大郎相处两年，大郎家中看看有些知道，不肯放他等闲出来，踪迹渐来得稀了。滴珠身畔要讨个丫鬟伏侍，曾对吴大郎说，转托汪锡。汪锡拐带惯了的，那里想出银钱去讨？因思个便处，要弄将一个来。日前见歙县汪汝鸾家有个丫头，时常到溪边洗东西，想在心里。

一日，汪锡在外行走，闻得县前出告示，道滴珠已寻见之说。急忙里，来对王婆说：『不知那一个顶了缺，我们这个货，稳稳是自家的了。』王婆不信，要看个的实。一同来到县前，看了告示。汪锡未免指手画脚，点了又点，念与王婆听。早被旁边应捕看在眼里，尾了他去。到了僻静处，只听得两个私下道：『好了，好了，而今睡也睡得安稳了。』应捕魆地跳将出来道：『你们干得好事！今已败露了，还走那里去？』汪锡慌了手脚道：『不要恐吓我！且到店中坐坐去。』一同王婆邀了应捕，走到酒楼上，坐了吃酒。汪锡推讨嘎饭，一道烟走了。单剩个王婆与应捕，坐了多时，酒肴俱不见来，走下问时，汪锡已去久了。应捕就把王婆拴将起来道：『我与你去见官。』王婆跪下道：『上下饶恕，随老妇到家中取钱谢你。』那应捕只是见他们行迹跷蹊，故把言语吓着，其实不知甚么根由。怎当得虚心病的，露出马脚来。应捕料

得有些滋味，押了他不舍，随去到得汪锡家里叩门。一个妇人走将出来开了。那应捕一看，着惊道：『这是前日衢州解来的妇人！』猛然想道：『这个必是真姚滴珠了。』也不说破，吃了茶，凭他送了些酒钱罢了。王婆自道无事，放下心了。

应捕明日竟到县中出首。知县添差应捕十来人，急命拘来。公差如狼似虎，到汪锡家里门口，发声喊打将进去。急得王婆悬梁高了。把滴珠登时捉到公庭。知县看了道：『便是前日这一个。』又飞一签，令唤潘甲与妻子同来。那假的也来了，同在县堂，真个一般无二。知县莫辨，因令潘甲自认。潘甲自然明白，与真滴珠各说了些私语。知县唤起来，研问明白。真滴珠从头供称被汪锡骗哄情由，说了一遍。知县又问：『曾引人奸骗你不？』滴珠心上有吴大郎，只不说出，但道：『不知姓名。』又叫那假滴珠上来，供称道：『身名郑月娥，自身要报私仇，姚乙要完家讼，因言貌象伊妹，商量做此一事。』知县急拿汪锡，已此在逃了。做个照提，叠成文卷，连人犯解府。

却说汪锡自酒店逃去之后，撞着同伙程金，一同作伴，走到歙县地方。正见汪汝鸾家丫头在溪边洗裹脚，一手扯住他道：『你是我家使婢，逃了出来，却在此处！』便夺他裹脚，拴了就走，要扯上竹筏。那丫头大喊起来。汪锡将袖子掩住他口，丫头尚自呜哩呜喇的喊。程金便一把叉住喉咙，又得手重，口头又不通气，一霎呜呼哀哉了。地方人走将拢来，两个都擒住了，送到县里。那歙县方知县问了程金绞罪，汪锡充军，解上府来。正值滴珠一起也解到。一同过堂之时，真滴珠大喊道：『这个不是汪锡？』那太守姓梁，极是个正气的，见了两宗文卷，都为汪锡，大怒道：『汪锡是首恶，如何只问充军？』喝交皂隶，重责六十板，当下绝气。真滴珠给还原夫宁家，假滴珠官卖。姚乙认假作真，倚官拐骗人口，也问了一个『太上老』。只有吴大郎广有世情，闻知事发，上下使用，并无名字干涉，不致惹着，朦胧过了。

潘甲自领了姚滴珠仍旧完聚。那姚乙定了卫所，发去充军，拘妻签解。姚乙未曾娶妻。只见那郑月娥晓得了，大哭道：『这是我自要脱身泄气，造成此谋，谁知反害了姚乙？今我生死跟了他去，也不枉了一场话揣。』姚公心下不舍得儿子，听得此话，即使买出人来，诡名纳价，赎了月娥，改了姓氏，随了儿子做军妻解去。后来遇赦还乡，遂成夫妇。这也是郑月娥一点良心不泯处。姑嫂两个到底有些厮像，徽州至今传为笑谈。有诗为证：

一样良家走歧路，又同歧路转良家。
面庞怪道能相似，相法看来也不差。

第三回

刘东山夸技顺城门　十八兄奇踪村酒肆

诗云：

弱为强所制，不在形巨细。
蝍蛆带是甘，何曾有长喙？

话说天地间，有一物必有一制，夸不得高，恃不得强。这首诗所言『蝍蛆』是甚么？就是那赤足蜈蚣，俗名『百脚』，又名百足之虫。这『带』又是甚么？是那大蛇，其形似带一般，故此得名。岭南多大蛇，长数十丈，专要害人。那边地方里居民，家家蓄养蜈蚣，有长尺余者，多放在枕畔或枕中。若有蛇至，蜈蚣便啧啧作声。放他出来，他鞠起腰来，首尾着力，一跳有一丈来高，便搭住在大蛇七寸内，用那铁钩也似一对钳来钳住了，吸他精血，至死方休。这数十丈长、斗来大的东西，反缠死在尺把长、指头大的东西手里，所以古语道『蝍蛆甘带』，盖谓此也。

汉武帝延和三年，西胡月支国献猛兽一头，形如五六十日新生的小狗，不过比狸猫般大，拖一个黄尾儿。那国使抱在手里，进门来献。武帝见他生得猥琐，笑道：『此小物，何谓猛兽？』使者对曰：『夫威加于百禽者，不必计其大小。是以神麟为巨象之王，凤凰为大鹏之宗，亦不在巨细也。』武帝不信，乃对使者说：『试叫他发声来朕听。』使者乃将手一指，此兽舐唇摇首一会，猛发一声，便如平地上起一个霹雳，两目闪烁，放出两道电光来。武帝登时颠出亢金椅子，急掩两耳，颤一个不住。侍立左右及羽林摆立仗下军士，手中所拿的东西悉皆震落。武帝不悦，即传旨意，教把此兽付上林苑中，待群虎食之。上林苑令遵旨。只见拿到虎圈边放下，群虎一见，皆缩做一堆，双膝跪倒。上林苑令奏闻，武帝愈怒，要杀此兽。明日连使者与猛兽皆不见了。猛悍到了虎豹，却乃怕此小物。所以人之膂力强弱，智术长短，没个限数。正是：

强中更有强中手，莫向人前夸大口。

唐时有一个举子，不记姓名地方。他生得膂力过人，武艺出众。一生豪侠好义，真正路见不平，拔刀相助。他进京会试，不带仆从，恃着一身本事，鞴着一匹好马，腰束弓箭短剑，一鞭独行。一路收拾些雉兔野味，到店肆中宿歇，便安排下酒。

一日在山东路上，马跑得快了，赶过了宿头。至一村庄，天已昏黑，自度不可前进。只见一家人家开门在那里，灯光射将出来。举子下了马，一手牵着，挨近看时，只见进了门，便是一大空地，空地上有三四块太湖石叠着。正中有三间正房，有两间厢房，一老婆子坐在中间绩麻。听见庭中马足之声，起身来问。举子高声道：『妈妈，小生是失路借宿的。』那老婆子道：『官人，不方便，老身做不得主。』听他言词中间，带些凄惨。举子有些疑心，便问道：『妈妈，你家男人多在那里去了？如何独自一个在这里？』老婆子道：『老身是个老寡妇，夫亡多年，只有一子，在外做商人去了。』举子道：『可有媳妇？』老婆子蹙着眉头道：『是有一个媳妇，赛得过男子，尽挣得家住。只是一身大气力，雄悍异常。且是气性粗急，一句差池，经不得一指头，擦着便倒。老身虚心冷气，看他眉头眼后，常是不中意，受他凌辱的。所以官人借宿，老身不敢做主。』说罢，泪如雨下。举子听得，不觉双眉倒竖，两眼圆睁道：『天下有如此不平之事！恶妇何在？我为尔除之。』遂把马拴在庭中太湖石上了，拔出剑来。老婆子道：『官人不要太岁头上动土，我媳妇不是好惹的。他不习女工针指，每日午饭已毕，便空身走去山里，寻几个獐鹿兽兔还家，腌腊起来，卖与客人，得几贯钱。常是一二更天气才得回来。日逐用度，只靠着他这些，所以老身不敢逆他。』举子按下剑入了鞘，道：『我生平专一欺硬怕软，替人出力。谅一个妇女，到得那里？既是妈妈靠他度日，我饶他性命不杀他，只痛打他一顿，教训他一番，使他改过性子便了。』老婆子道：『他将次回来了，只劝官人莫惹事的好。』举子气忿忿地等着。

只见门外一大黑影，一个人走将进来，将肩上叉口也似一件东西往庭中一摔，叫道：『老嬷，快拿火来，收拾行货。』老婆子战兢兢地道：『是甚好物事呀？』把灯一照，吃了一惊，乃是一只死了的斑斓猛虎。说时迟，那时快，那举子的马在火光里，看见了死虎，惊跳不住起来。那人看见，便道：『此马何来？』举子暗里看时，却是一个黑长妇人。见他模样，又背了个死虎来，忖道：『也是个有本事的。』心里先有几分惧他。忙走去带开了马，缚住了，走向前道：『小生是失路的举子，赶过宿头，幸到宝庄，见门尚未阖，斗胆求借一宿。』那妇人笑道：『老嬷好不晓事！既是个贵人，如何更深时候，叫他在露天立着？』指着死虎道：『贱婢今日山中，遇此泼花团，争持多时，才得了当。归得迟些个，有失主人之礼，贵人勿罪。』举子见他语言爽恺，礼度周全，暗想道：『也不是不可化诲的。』连应道：『不敢，不敢。』妇人走进堂，提一把椅来，对举子道：『该请进堂里坐，只是妇姑两人，都是女流，男女不可相混，屈在廊下一坐罢。』又掇张桌来，放在面前，点个灯来安下。然后下庭中来，双手提了死虎，到厨下去了。须臾之间，烫了一壶热酒，托出一个大盘来，内有热腾腾的一盘虎肉，一盘鹿脯，又有些腌腊雉兔之类五六碟，道：『贵人休嫌轻亵则个。』举子见他殷勤，接了自斟自饮。须臾间酒尽肴完，举子拱手道：『多谢厚款。』那妇人道：『惶愧，惶愧。』便将了盘来，收拾桌上碗盏。

举子乘间便说道：『看娘子如此英雄，举止恁地贤明，怎么尊卑分上觉得欠些个？』那妇人将盘一搁，且不收拾，怒目道：『适间老死魅曾对贵人说些甚谎么？』举子忙道：『这是不曾，只是看见娘子称呼词色之间，甚觉轻倨，不像个婆媳妇道理。及见娘子待客周全，才能出众，又不像个不近道理的。故此好言相问一声。』那妇人见说，一把扯了举子的衣袂，一只手移着灯，走到太湖石边来道：『正好告诉一番。』举子一时间挣扎不脱，暗道：『等他说得没理时，算计打他一顿。』只见那妇人倚着太湖石，就在石上拍拍手道：『前日有一事，如此如此，这般这般，是我不是，是他不是？』道罢，便把一个食指向石上一画道：『这是一件了。』画了一画，只见那石皮乱爆起来，已自抠去了一寸有余深。连连数了三件，画了三画，那太湖石便似锥子凿成一个『川』字，斜看来又是『三』字，足足皆有寸余，就像镌刻的一般。那举子惊得浑身汗出，满面通红，连声道：『都是娘子的是。』把一片要与他分个皂白的雄心，好像一桶雪水当头一淋，气也不敢抖了。妇人说罢，擎出一张匡床来与举子自睡，又替他喂好了马。却走进去与老婆子关了门，息了火睡了。举子一夜无眠，叹道：『天下有这等大力的人！早是不曾与他交手，不然，性命休矣。』巴到天明，鞴了马，作谢了，再不说一句别的话，悄然去了。自后收拾了好些威风，再也不去惹闲事管，也只是怕逢着咋嘛似他的吃了亏。

今日说一个恃本事说大话的，吃了好些惊恐，惹出一场话柄来。正是：

虎为百兽尊，百兽伏不动。
若逢狮子吼，虎又全没用。

话说国朝嘉靖年间，北直隶河间府交河县一人姓刘名嵚，叫做刘东山，在北京巡捕衙门里当一个缉捕军校的头。此人有一身好本事，弓马熟娴，发矢再无空落，人号他连珠箭。随你异常狠盗，逢着他便如瓮中捉鳖，手到拿来。因此也积攒得有些家事。年三十余，觉得心里不耐烦做此道路，告脱了，在本县去别寻生理。

一日，冬底残年，赶着驴马十余头到京师转卖，约卖得一百多两银子。交易完了，至顺城门（即宣武门）雇骡归家。在骡马主人店中，遇见一个邻舍张二郎入京来，同在店买饭吃。二郎问道：『东山何往？』东山把前事说了一遍，道：『而今在此雇骡，今日宿了，明日走路。』二郎道：『近日路上好生难行，良乡、鄚州一带，盗贼出没，白日劫人。老兄带了偌多银子，没个做伴，独来独往，只怕着了道儿，须放仔细些！』东山听罢，不觉须眉开动，唇齿奋扬。把两只手捏了拳头，做一个开弓的手势，哈哈大笑道：『二十年间，张弓追讨，矢无虚发，不曾撞个对手。今番收场买卖，定不到得折本。』店中满座听见他高声大喊，尽回头来看。也有问他姓名的，道：『久仰，久仰。』二郎自觉有些失言，作别出店去了。

东山睡到五更头，爬起来，梳洗结束。将银子紧缚裹肚内，扎在腰间，肩上挂一张弓，衣外跨一把刀，两膝下藏矢二十簇。拣一个高大的健骡，腾地骑上，一鞭前走。走了三四十里，来到良乡，只见后头有一人奔马赶来，遇着东山的骡，便按辔少驻。东山举目觑他，却是一个二十岁左右的美少年，且是打扮得好。但见：

黄衫毡笠，短剑长弓。箭房中新矢二十余枝，马额上红缨一大簇。裹腹闹装灿烂，是个白面郎君；恨人紧辔喷嘶，好匹高头骏骑！

东山正在顾盼之际，那少年遥叫道：『我们一起走路则个。』就向东山拱手道：『造次行途，愿问高姓大名。』东山答道：『小可姓刘名嵚，别号东山，人只叫我是刘东山。』少年道：『久仰先辈大名，如雷贯耳，小人有幸相遇。今先辈欲何往？』东山道：『小可要回本籍交河县去。』少年道：『恰好，恰好。小人家住临淄，也是旧族子弟，幼年颇曾读书，只因性好弓马，把书本丢了。三年前带了些资本往京贸易，颇得些利息。今欲归家婚娶，正好与先辈作伴同路行去，放胆壮些。直到河间府城，然后分路。有幸，有幸。』东山一路看他腰间沉重，语言温谨，相貌俊逸，身材小巧，谅道不是歹人。且路上有伴，不至寂寞，心上也欢喜，道：『当得相陪。』是夜一同下了旅店，同一处饮食歇宿，如兄若弟，甚是相得。

明日，并辔出涿州。少年在马上问道：『久闻先辈最善捕贼，一生捕得多少？也曾撞着好汉否？』东山正要夸逞自家手段，这一问揉着痒处，且量他年小可欺，便侈口道：『小可生平两只手一张弓，拿尽绿林中人，也不记其数，并无一个对手。这些鼠辈，何足道哉！而今中年心懒，故弃此道路。倘若前途撞着，便中拿个把儿，你看手段！』少年但微微冷笑道：『元来如此。』就马上伸手过来，说道：『借肩上宝弓一看。』东山在骡上递将过来，少年左手把住，右手轻轻一拽就满，连放连拽，就如一条软绢带。东山大惊失色，也借少年的弓过来看。看那少年的弓，约有二十斤重，东山用尽平生之力，面红耳赤，不要说扯满，只求如初八夜头的月，再不能勾。东山惺恐无地，吐舌道：『使得好硬弓也！』便向少年道：『老弟神力，何至于此！非某所敢望也。』少年道：『小人之力，可足称神？先辈弓自太软耳。』东山赞叹再三，少年极意谦谨。晚上又同宿了。

至明日又同行，日西时过雄县。少年拍一拍马，那马腾云也似前面去了。东山望去，不见了少年。他是贼窠中弄老了的，见此行止，如何不慌？私自道：『天教我这番倒了架也！倘是个不良人，这样神力，如何敌得？势无生理。』心上正如十五个吊桶打水，七上八落的。没奈何，迤逦行去。行得一二铺，遥望见少年在百步外，正弓挟矢，扯个满月，向东山道：『久闻足下手中无敌，今日请先听箭风。』言未罢，飕的一声，东山左右耳根但闻肃肃如小鸟前后飞过，只不伤着东山。又将一箭引满，正对东山之面，大笑道：『东山晓事人，腰间骡马钱快送我罢，休得动手。』东山料是敌他不过，先自慌了手脚，只得跳下鞍来，解了腰间所系银袋，双手捧着，膝行至少年马前，叩头道：『银钱谨奉好汉将去，只求饶命！』少年马上伸手，提了银包，大喝道：『要你性命做甚？快走！快走！你老子有事在此，不得同儿子前行了。』掇转马头，向北一道烟跑，但见一路黄尘滚滚，霎时不见踪影。

东山呆了半晌，捶胸跌足起来道：『银钱失去也罢，叫我如何做人？一生好汉名头，到今日弄坏，真是张天师吃鬼迷了。可恨！可恨！』垂头丧气，有一步没一步的，空手归交河。到了家里，与妻子说知其事，大家懊恼一番。夫妻两个商量，收拾些本钱，在村郊开个酒铺，卖酒营生，再不去张弓挟矢了。又怕有人知道，坏了名头，也不敢向人说着这事，只索罢了。

过了三年，一日，正值寒冬天道，有词为证：

霜瓦鸳鸯，风帘翡翠，今年较是寒早。矮钉明窗，侧开朱户，断莫乱教人到。重阴未解，云共雪、商量未了。青帐垂毡要密，红炉围炭宜小。（词寄《天香》前。）

却说冬日间，东山夫妻正在店中卖酒，只见门前来了一伙骑马的客人，共是十一个。个个骑的是自备的高头骏马，鞍辔鲜明。身上俱紧束短衣，腰带弓矢刀剑。次第下了马，走入肆中来，解了鞍舆。刘东山接着，替他赶马归槽。后生自去剉草煮豆，不在话下。内中只有一个未冠的人，年纪可有十五六岁，身长八尺，独不下马，对众道：『弟十八自向对门住休。』众人都答应一声道：『咱们在此少住，便来伏侍。』只见其人自走对门去了。

十人自来吃酒，主人安排些鸡、豚、牛、羊肉来做下酒。须臾之间，狼飧虎咽，算来吃勾有六七十斤的肉，倾尽了六七坛的酒，又教主人将酒肴送过对门楼上，与那未冠的人吃。众人吃完了店中东西，还叫未畅，遂开皮囊，取出鹿蹄、野雉、烧兔等物，笑道：『这是我们的东道，可叫主人来同酌。』东山推逊一回，才来坐下。把眼去逐个瞧了一瞧，瞧到北面左手那一人，毡笠儿垂下，遮着脸不甚分明。猛见他抬起头来，东山仔细一看，吓得魂不附体，只叫得苦。你道那人是谁？正是在雄县劫了骡马钱去的那一个同行少年。东山暗想道：『这番却是死也！我些些生计，怎禁得他要起？况且前日一人尚不敢敌，今人多如此，想必个个是一般英雄，如何是了？』心中忒忒的跳，真如小鹿儿撞，面向酒杯，不敢则一声。众人多起身与主人劝酒。坐定一会，只见北面左手坐的那一个少年把头上毡笠一掀，呼主人道：『东山别来无恙么？往昔承挈同行周旋，至今想念。』东山面如土色，不觉双膝跪下道：『望好汉恕罪！』少年跳离席间，也跪下去，扶起来，挽了他手道：『快莫要作此状！快莫要作此状！羞死人。昔年俺们众兄弟在顺城门店中，闻卿自夸手段天下无敌。众人不平，却教小弟在途间作此一番轻薄事，与卿作耍，取笑一回。然负卿之约，不到得河间。魂梦之间，还记得与卿并辔任丘道上。感卿好情，今当还卿十倍。』言毕，即向囊中取出千金，放在案上，向东山道：『聊当别来一敬，快请收进。』

东山如醉如梦，呆了一晌，怕又是取笑，一时不敢应承。那少年见他迟疑，拍手道：「大丈夫岂有欺人的事？东山也是个好汉，直如此胆气虚怯！难道我们弟兄直到得真个取你的银子不成？快收了去。」刘东山见他说话说得慷慨，料不是假，方才如醉初醒，如梦方觉，不敢推辞。走进去与妻子说了，就叫他出来同收拾了进去。

安顿已了，两人商议道：「如此豪杰，如此恩德，不可轻慢。我们再须杀牲开酒，索性留他们过宿，顽耍几日则个。」东山出来称谢，就把此意与少年说了，少年又与众人说了。大家道：「既是这位弟兄故人，有何不可？只是还要去请问十八兄一声。」便一齐走过对门，与未冠的那一个说话。东山也随了去看，这些人见了那个未冠的，甚是恭谨。那未冠的待他众人甚是庄重。众人把主人要留他们过宿顽耍的话说了，那未冠的说道：「好，好，不妨。只是酒醉饭饱，不要贪睡，负了主人殷勤之心。少有动静，俺腰间两刀有血吃了。」众人齐声道：「弟兄们理会得。」东山一发莫测其意。众人重到肆中，开怀再饮，又携酒到对门楼上。众人不敢陪，只是十八兄自饮。算来他一个吃的酒肉，比得店中五个人。十八兄吃阑，自探囊中，取出一个纯银笊篱来，煽起炭火，做煎饼自啖。连啖了百余个，收拾了，大踏步出门去，不知所向。直到天色将晚，方才回来，重到对门住下，竟不到刘东山家来。众人自在东山家吃耍。走去对门相见，十八兄也不甚与他们言笑，大是倨傲。

东山疑心不已，背地扯了那同行少年问他道：「你们这个十八兄，是何等人？」少年不答应，反去与众人说了，各各大笑起来。不说来历，但高声吟诗曰：「杨柳桃花相间出，不知若个是春风？」吟毕，又大笑。住了三日，俱各作别了，结束上马。未冠的在前，其余众人在后，一拥而去。

东山到底不明白，却是骤得了千来两银子，手头从容，又怕生出别事来，搬在城内，另做营运去了。后来见人说起此事，有识得的道：「详他两句语意，是个「李」字；况且又称十八兄，想必未冠的那人姓李，是个为头的了。看他对众的说话，他恐防有人暗算，故在对门，两处住了，好相照察。亦且不与十人作伴同食，有个尊卑的意思。夜间独出，想又去做甚么勾当来，却也没处查他的确。」

那刘东山一生英雄，遇此一番，过后再不敢说一句武艺上头的话，弃弓折箭，只是守着本分营生度日，后来善终。可见人生一世，再不可自恃高强。那自恃的，只是不曾逢着狠主子哩。有诗单说这刘东山道：

生平得尽弓矢力，直到下场逢大敌。
人世休夸手段高，霸王也有悲歌日。

又有诗说这少年道：

英雄从古轻一掷，盗亦有道真堪述。
笑取千金偿百金，途中竟是好相识。

第四回

程元玉店肆代偿钱　十一娘云冈纵谭侠

赞曰：

红线下世，毒哉仙仙。隐娘出没，跨黑白卫。香丸袅袅，游刃香烟。崔妾白练，夜半忽失。侠妪条裂，宅众神耳。贾妻断婴，离恨以豁。解洵娶妇，川陆毕具。三鬟携珠，塔户严扃。车中飞度，尺余一孔。

这一篇《赞》，都是序着从前剑侠女子的事。从来世间有这一家道术，不论男女，都有习他的。虽非真仙的派，却是专一除恶扶善。功行透了的，也就借此成仙。所以好事的，类集他做《剑侠传》。又有专把女子类成一书，做《侠女传》。前面这《赞》上说的，都是女子。

那红线就是潞州薛嵩节度家小青衣。因为魏博节度田承嗣养三千外宅儿男，要吞并潞州，薛嵩日夜忧闷。红线闻知，弄出剑术手段，飞身到魏博，夜漏三时，往返七百里，取了他床头金盒归来。明日，魏博搜捕金盒，一军忧疑。这里却教了使人送还他去。田承嗣一见惊慌，知是剑侠，恐怕取他首级，把邪谋都息了。后来，红线说出前世是个男子，因误用医药杀人，故此罚为女子，今已功成，修仙去了。这是红线的出处。

那隐娘姓聂，魏博大将聂锋之女。幼年撞着乞食老尼，摄去教成异术。后来嫁了丈夫，各跨一蹇驴，一黑一白。蹇驴是卫地所产，故又叫做「卫」。用时骑着，不用时就不见了，元来是纸做的。他先前在魏帅左右，魏帅与许帅刘昌裔不和，要隐娘去取他首级。不想那刘节度善算，算定隐娘夫妻该入境，先叫卫将早至城北候他。约道：「但是一男一女，骑黑白二驴的便是。可就传我命拜迎。」隐娘到许，遇见如此，服刘公神明，便弃魏归许。魏帅知道，先遣精精儿来杀他，反被隐娘杀了。又使妙手空空儿来。隐娘化为蠛蠓，飞入刘节度口中，教刘节度将于阗国美玉围在颈上。那空空儿三更来到，将匕首项下一划，被玉遮了，其声铿然，划不能透。空空儿羞道不中，一去千里，再不来了。刘节度与隐娘俱得免难。这是隐娘的出处。

那香丸女子同一侍儿住观音里，一书生闲步，见他美貌，心动，旁有恶少年数人，就说他许多淫邪不美之行，书生贱之。及归家与妻言及，却与妻家有亲，是个极高洁古怪的女子，亲戚都是敬畏他的。书生不平，要替他寻恶少年出气。未行，只见女子叫侍儿来谢道：「郎君如此好心，虽然未行，主母感恩不尽。」就邀书生过去，治酒请他独酌。饮到半中间，侍儿负一皮袋来，对书生道：「是主母相赠的。」开来一看，乃是三四个人头，颜色未变，都是书生平日受他侮害的仇人。书生吃了一惊，怕有累及，急要逃去。侍儿道：「莫怕，莫怕！」怀中取出一包白色有光的药来，用小指甲挑些些弹在头断处，只见头渐缩小，变成李子。侍儿一个个撮在口中吃了，吐出核来，也是李子。侍儿吃罢，又对书生道：「主母也要郎君替他报仇，杀这些恶少年。」书生谢道：「我如何干得这等事？」侍儿进一香丸道：「不劳郎君动手，但扫净书房，焚此香于炉中，看香烟那里去，就跟了去，必然成事。」又将先前皮袋与他道：「有人头，尽纳在此中，仍旧随烟归来，不要惧怕。」书生依言做去，只见香烟袅袅，行处有光，墙壁不碍。每到一处，遇一恶少年，烟绕颈三匝，头已自落，其家不知不觉。书生便将头入皮袋中。如此数处，烟袅袅归来，书生已随了来。到家尚未三鼓，恰如做梦一般。事完，香丸飞去。侍儿已来，取头弹药，照前吃了，对书生道：「主母传语郎君：这是畏关。此关一过，打点共做神仙便了。」

后来不知所往。这女子、书生都不知姓名，只传得有《香丸志》。

那崔妾是：唐贞元年间，博陵崔慎思应进士举，京中赁房居住。房主是个没丈夫的妇人，年止三十余，有容色。慎思遣媒道意，要纳为妻。妇人不肯，道：『我非宦家之女，门楣不对，他日必有悔，只可做妾。』遂随了慎思。二年，生了一子。问他姓氏，只不肯说。一日，崔慎思与他同上了床，睡至半夜，忽然不见。崔生疑心有甚奸情事了，不胜忿怒，遂走出堂前。走来走去，正自彷徨，忽见妇人在屋上走下来，白练缠身，右手持匕首，左手提一个人头，对崔生道：『我父昔年被郡守枉杀，求报数年未得，今事已成，不可久留。』遂把宅子赠了崔生，逾墙而去。崔生惊惶。少顷又来，道是再哺孩子些乳去。须臾出来，道：『从此永别。』竟自去了。崔生回房看看，儿子已被杀死。他要免心中记挂，故如此。所以说『崔妾白练』的话。

那侠妪的事，乃元雍妾修容自言：小时，里中盗起，有一老妪来对他母亲说道：『你家从来多阴德，虽有盗乱，不必惊怕，吾当藏过你等。』袖中取出黑绫二尺，裂作条子，教每人臂上系着一条，道：『但随我来！』修容母子随至一道院，老枢指一个神像道：『汝等可躲在他耳中。』叫修容母子闭了眼，背了他进去。小小神像，他母子住在耳中，却像一间房中，毫不窄隘。老妪朝夜来看，饮食都是他送来。这神像耳孔，只有指头大小，但是饮食到来，耳孔便大起来。后来盗平，仍如前负了归家。修容要拜为师，誓修苦行，报他恩德。老妪说：『仙骨尚微。』不肯收他，后来不知那里去了。所以说『侠妪神耳』的说话。

那贾人妻的，与崔慎思妾差不多。但彼是余干县尉王立，调选流落，遇着美妇，道是元系贾人妻子，夫亡十年，颇有家私，留王立为婿，生了一子。后来，也是一日提了人头回来，道：『有仇已报，立刻离京。』去了复来，说是：『再乳婴儿，以豁离恨。』抚毕便去。回灯褰帐，小儿身首已在两处。所以说『贾妻断婴』的话，却是崔妻也曾做过的。

那解洵是宋时的武职官，靖康之乱，陷在北地，孤苦零落。亲戚怜他，替他另娶一妇为妻。那妇人妆奁丰厚，洵得以存活。偶逢重阳日，想起旧妻坠泪。妇人问知欲归本朝，便替他备办，水陆之费毕具，与他同行。一路水宿山行，防闲营护，皆得其力。到家，其兄解潜军功累积，已为大帅，相见甚喜，赠以四婢。解洵宠爱了，与妇人渐疏。妇人一日酒间责洵道：『汝不记昔年乞食赵魏时事乎？非我，已为饿莩。今一旦得志，便尔忘恩，非大丈夫所为。』洵已有酒意，听罢大怒，奋起拳头，连连打去。妇人忍着，冷笑。洵又唾骂不止。妇人忽然站起，灯烛皆暗，冷气袭人，四妾惊惶仆地。少顷，灯烛复明，四妾才敢起来，看时，洵已被杀在地上，连头都没了。妇人及房中所有，一些不见踪影。解潜闻知，差壮勇三千人各处追捕，并无下落。这叫做『解洵娶妇』。

那三鬟女子，因为潘将军失却玉念珠，无处访寻，却是他与朋侪作戏，取来挂在慈恩寺塔院相轮上面。后潘家悬重赏，其舅王超问起，他许取还。时寺门方开，塔户尚锁，只见他势如飞鸟，已在相轮上，举手示超，取了念珠下来，王超自去讨赏。明日女子已不见了。

那车中女子又是怎说？因吴郡有一举子入京应举，有两少年引他到家，坐定，只见门迎一车进内，车中走出一女子，请举子试技。那举子只会着靴在壁上行得数步。女子叫坐中少年，各呈妙技：有的在壁上行，有的手撮椽子行，轻捷却像飞鸟。举子惊服，辞去。数日后，复见前两少年来借马，举子只得与他。明日，内苑失物，唯收得驮

物的马。追问马主，捉举子到内侍省勘问。驱入小门，吏自后一推，倒落深坑数丈。仰望屋顶七八丈，唯见一孔，才开一尺有多。举子苦楚间，忽见一物，如鸟飞下到身边，看时却是前日女子。把绢重系举子胳膊，讫，绢头系女子身上，女子腾身飞出宫城。去门数十里乃下，对举子云：『君且归，不可在此！』举人乞食寄宿，得达吴地。这两个女子，便都有些盗贼意思，不比前边这几个报仇雪耻，救难解危，方是修仙正路。然要晓世上有此一种人，所以历历可纪，不是脱空的说话。

而今再说一个有侠术的女子，救着一个落难之人，说出许多剑侠的议论，从古未经人道的，真是精绝。有诗为证：

念珠取却犹为戏，若似车中便累人。
试听韦娘一席话，须知正直乃为真。

话说徽州府有一商人，姓程名德瑜，表字元玉。禀性简默端重，不妄言笑，忠厚老成。专一走川、陕，做客贩货，大得利息。一日，收了货钱，待要归家，与带去仆人收拾停当，行囊丰满，自不必说。自骑一匹马，仆人骑了牲口，起身行路。来过文、阶道中，与一伙做客的人，同落一个饭店买酒饭吃。正吃之间，只见一个妇人，骑了驴儿，也到店前下了，走将进来。程元玉抬头看时，却是三十来岁的模样，面颜也尽标致，只是装束气质，带些武气，却是雄纠纠的。饭店中客人，个个颠头耸脑，看他说他，胡猜乱语，只有程元玉端坐不瞧。那妇人都看在眼里，吃罢了饭，忽然举起两袖，抖一抖道：『适才忘带了钱来，今饭多吃过了主人的，却是怎好？』那店中先前看他这些人，都笑将起来，有的道：『元来是个骗饭吃的。』有的道：『敢是真个忘了？』有的道：『看他模样，也是个江湖上人，不像个本分的，骗饭的事也有。』那店家后生见说没钱，一把扯住不放。店主又发作道：『青天白日，难道有得你吃了饭不还钱不成！』妇人只说：『不带得来，下次补还。』店主道：『谁认得你！』正难分解，只见程元玉便走上前来，说道：『看此娘子光景，岂是要少这数文钱的？必是真失带了出来。如何这等逼他？』就把手腰间去摸出一串钱来道：『该多少，都是我还了就是。』店家才放了手，算一算帐，取了钱去。那妇人走到程元玉跟前，再拜道：『公是个长者，愿闻高姓大名，好加倍奉还。』程元玉道：『些些小事，何足挂齿！还也不消还得，姓名也不消问得。』那妇人道：『休如此说！公去前面，当有小小惊恐，妾将在此处出些力气报公，所以必要问姓名，万勿隐讳。若要晓得妾的姓名，但记着韦十一娘便是。』程元玉见他说话有些尴尬，不解其故，只得把名姓说了。妇人道：『妾在城西去探一个亲眷，少刻就到东来。』跨上驴儿，加上一鞭，飞也似去了。

程元玉同仆人出了店门，骑了牲口，一头走，一头疑心。细思适间之话，好不蹊跷。随又忖道：『妇人之言，何足凭准！况且他一顿饭钱尚不能预备，就有惊恐，他如何出力相报得？』以口问心，行了几里。只见途间一人，头带毡笠，身背皮袋，满身灰尘，是个惯走长路的模样，或在前，或在后，参差不一，时常撞见。程元玉在马上问他道：『前面到何处可以宿歇？』那人道：『此去六十里，有杨松镇，是个安歇客商的所在，近处却无宿头。』程元玉也晓得有个杨松镇，就问道：『今日晏了些，还可到得那里么？』那人抬头把日影看了一看道：『我到得，你到不得。』程元玉道：『又来好笑了！我每是骑马的，反到不得，你是步行的，反说到得，是怎的说？』那人笑道：『此间有一条小路，斜抄去二十里，直到河水湾，再二十里，就是镇上。若你等在官路上走，迂迂曲曲，差了二十多里，故此到不及。』程元玉道：『果有小路快便，相烦指示同行，到了镇上，买酒相谢。』那人欣然前行

道：『这等，都跟我来。』

那程元玉只贪路近，又见这厮是个长路人，信着不疑，把适间妇人所言惊恐都忘了。与仆人策马，跟了那人，前进那一条路来。初时平坦好走，走得一里多路，地上渐渐多是山根顽石，驴马走甚不便。再行过去，有陡峻高山遮在面前。绕山走去，多是深密村子，仰不见天。程元玉主仆俱慌，埋怨那人道：『如何走此等路？』那人笑道：『前边就平了。』程元玉不得已，又随他走。再度过一个岗子，一发比前崎岖了。程元玉心知中计，叫声『不好！不好！』急掣转马头回走。忽然那人唿哨一声，山前涌出一干人来：

狰狞相貌，劣撅身躯。无非月黑杀人，不过风高放火。盗亦有道，大曾偷习儒者虚声；师出无名，也会剽窃将家实用。人间偶尔呼为盗，世上于今半是君。

程元玉见不是头，自道必不可脱。慌慌忙忙下了马，躬身作揖道：『所有财物，但凭太保取去，只是鞍马衣装，须留下做归途盘费则个。』那一伙强盗听了说话，果然只取包裹来，搜了银两去了。程元玉急回身寻时，那马散了缰，也不知那里去了。仆人躲避，一发不知去向。凄凄惶惶，剩得一身，拣个高岗立着，四围一望，不要说不见强盗出没去处，并那仆马消息，杳然无踪。四无人烟，且是天色看看黑将下来，没个道理。叹一声道：『我命休矣！』

正急得没出豁，只听得林间树叶窣窣价声响。程元玉回头看时，却是一个人，攀藤附葛而来，甚是轻便。走到面前，是个女子，程元玉见了个人，心下已放下了好些惊恐。正要开口问他，那女子忽然走到程元玉面前来，稽首道：『儿乃韦十一娘弟子青霞是也。吾师知公有惊恐，特教我在此等候。吾师只在前面，公可往会。』程元玉听得说韦十一娘，又与惊恐之说相合，心下就有些望他救答意思，略放胆大些了。随着青霞前往，行不到半里，那饭店里遇着的妇人来了。迎着道：『公如此大惊，不早来相接，甚是有罪！公货物已取还，仆马也在，不必忧疑。』程元玉是惊坏了的，一时答应不出。十一娘道：『公今夜不可前去。小庵不远，且到庵中一饭，就在此寄宿罢了。前途也去不得。』程元玉不敢违，随了去。

过了两个岗子，前见一山陡绝，四周并无联属，高峰插于云外。韦十一娘以手指道：『此是云冈，小庵在其上。』引了程元玉，攀萝附木，一路走上。到了陡绝处，韦与青霞共来扶掖，数步一歇。程元玉气喘当不得，他两个就如平地一般。程元玉抬头看高处，恰似在云雾里；及到得高处，云雾又在下面了。约莫有十数里，方得石磴。磴有百来级，级尽方是平地。有茅堂一所，甚是清雅。请程元玉坐了，十一娘又另唤一女童出来，叫做缥云，整备茶果、山簌、松醪，请元玉吃。又叫

整饭，意甚殷勤。程元玉方才性定，欠身道：『程某自不小心，落了小人圈套。若非夫人相救，那讨性命？只是夫人有何法术制得他，讨得程某货物转来？』十一娘道：『吾是剑侠，非凡人也。适间在饭店中，见公修雅，不像他人轻薄，故此相敬。及看公面上，气色有滞，当有忧虞，故意假说乏钱还店，以试公心。见公颇有义气，所以留心，在此相候，以报公德。适间鼠辈无礼，已曾晓谕他过了。』程元玉见说，不觉欢喜敬羡。他从小颇看史鉴，晓得有此一种法术。便问道：『闻得剑术起自唐时，到宋时绝了。故自元朝到国朝，竟不闻有此事。夫人在何处学来的？』十一娘道：『此术非起于唐，亦不绝于宋。自黄帝受兵符于九天玄女，便有此术。其臣风后习之，所以破得蚩尤。帝以此术神奇，恐人妄用，且上帝立戒甚严，不敢宣扬。但拣一二诚笃之人，口传心授。故此术不曾绝传，也不曾广传。后来张良募来击秦皇，梁王遣来刺袁盎，公孙述使来杀来、岑，李师道用来杀武元衡，皆此术也。此术既不易轻得，唐之藩镇羡慕仿效，极力延致奇踪异迹之人，一时罔利之辈，不顾好歹，皆来为其所用，所以独称唐时有此。不知彼辈诸人，实犯上帝大戒，后来皆得惨祸。所以彼时先师复申前戒，大略：不得妄传人、妄杀人；不得替恶人出力害善人；不得杀人而居其名。此数戒最大。故赵元昊所遣刺客，不敢杀韩魏公；苗傅、刘正彦所遣刺客，不敢杀张德远，也是怕犯前戒耳。』程元玉道：『史称黄帝与蚩尤战，不说有术；张良所募力士，亦不说术；梁王、公孙述、李师道所遣，皆说是盗，如何是术？』十一娘道：『公言差矣！此正吾道所谓不居其名也。蚩尤生有异像，且挟奇术，岂是战阵可以胜得？秦始皇万乘之主，仆从仪卫，何等威焰？且秦法甚严，谁敢击他？也没有击了他可以脱身的。至如袁盎官居近侍，来、岑身为大帅，武相位在台衡，或取之万众之中，直戕之辇毂之下，非有神术，怎做得成？且武元衡之死，并其颅骨也取了去，那时慌忙中，谁人能有此闲工夫？史传元自明白，公不曾详玩其旨耳。』程元玉道：『史书上果是如此。假如太史公所传刺客，想正是此术？至荆轲刺秦王，说他剑术疏，前边这几个刺客，多是有术的了？』十一娘道：『史迁非也。秦诚无道，亦是天命真主，纵有剑术，岂可轻施？至于专诸、聂政诸人，不过义气所使，是个有血性好汉，原非有术。若这等都叫做剑术，世间拼死杀人，自身不保的，尽是术了！』程元玉道：『昆仑摩勒如何？』十一娘道：『这是粗浅的了。聂隐娘、红线方是至妙的。摩勒用形，但能涉历险阻，试他矫健手段。隐娘辈用神，其机玄妙，鬼神莫窥，针也可度，皮郛中藏，倏忽千里，往来无迹，岂得无术？』

程元玉道：『吾看《虬髯客传》，说他把仇人之首来吃了，剑术也可以报得私仇的？』十一娘道：『不然。虬髯之事，寓言，非真也。就是报仇，也论曲直。若曲在我，也是不敢用术报得的。』程元玉道：『假如术家所谓仇，必是何等为最？』十一娘道：『仇有几等，皆非私仇。世间有做守令官，虐使小民的，贪其贿又害其命的，世间有做上司官，张大威权，专好谄奉，反害正直的；世间有做将帅，只剥军饷，不勤武事，败坏封疆的；世间有做宰相，树置心腹，专害异己，使贤奸倒置的；世间有做试官，私通关节，贿赂徇私，黑白混淆，使不才侥幸，才士屈仰的。此皆吾术所必诛者也！至若舞文的滑吏，武断的土豪，自有刑宰主之；忤逆之子，负心之徒，自有雷部司之。不关我事。』程元玉曰：『以前所言几等人，曾不闻有显受刺客剑仙杀戮的。』十一娘笑道：『岂可使人晓得的？凡此之辈，杀之之道非一：重者或径取其首领及其妻子，不必说了；次者或入其咽，断其喉，或伤其心腹，其家但

知为暴死，不知其故；又或用术摄其魂，使他颠蹶狂谬，失志而死；或用术迷其家，使他丑秽迭出，愤郁而死；其有时未到的，但假托神异梦寐，使他惊惧而已。』程元玉道：『剑可得试令吾一看否？』十一娘道：『大者不可妄用，且怕惊坏了你。小者不妨试试。』乃呼青霞、缥云二女童至，吩咐道：『程公欲观剑，可试为之。就此悬崖旋制便了。』二女童应诺。十一娘袖中摸出两个丸子，向空一掷，其高数丈，才坠下来，二女童即跃登树枝梢上，以手接着，毫发不差。各接一丸来，一拂便是雪亮的利刃。程元玉看那树枝，樛曲倒悬，下临绝壑，窅不可测。试一俯瞰，神魂飞荡，毛发森竖，满身生起寒粟子来。十一娘言笑自如，二女童运剑为彼此击刺之状。初时犹自可辨，到得后来，只如两条白练，半空飞绕，并不看见有人。有顿饭时候，然后下来，气不喘，色不变。程元玉叹道：『真神人也！』

时已夜深，乃就竹榻上施衾褥，命程在此宿卧，仍加以鹿裘覆之。十一娘与二女童作礼而退，自到石室中去宿了。时方八月天气，程元玉拥裘覆衾，还觉寒凉，盖缘居处高了。天未明，十一娘已起身，梳洗毕。程元玉也梳洗了，出来与他相见，谢他不尽。十一娘道：『山居简慢，恕罪则个。』又供了早膳。复叫青霞操弓矢下山寻野味作昼馔。青霞去了一会，无一件将来，回说：『天气早，没有。』再叫缥云去。坐谭未久，缥云提了一雉一兔上山来。十一娘大喜，叫青霞快整治供客。程元玉疑问道：『雉兔山中岂少？何乃难得如此？』十一娘道：『山中元不少，只是潜藏难求。』程元玉笑道：『夫人神术，何求不得，乃难此雉兔？』十一娘道：『公言差矣！吾术岂可用来伤物命以充口腹乎？不唯神理不容，也如此小用不得。雉兔之类，原要挟弓矢、尽人力取之方可。』程元玉深加叹服。

须臾，酒至数行。程元玉请道：『夫人家世，愿得一闻。』十一娘踟蹰沉吟道：『事多可愧。然公是忠厚人，言之亦不妨。妾本长安人，父母贫，携妻寄寓平凉，手艺营生。父亡，独与母居。又二年，将妾嫁同里郑氏子，母又转嫁了人去。郑子佻达无度，喜侠游，妻屡屡谏他，遂至反目。因弃了妻，同他一伙无籍人到边上立功去，竟无音耗回来了。伯子不良，把言语调戏我，我正色拒之。一日，潜走到我床上来，我提床头剑刺之，着了伤走了。我因思我是一个妇人，既与夫不相得，弃在此间，又与伯同居不便，况且今伤了他，住在此不得了。曾有个赵道姑自幼爱我，他有神术，道我可传得。因是父母在，不敢自由，而今只索投他去。次日往见道姑，道姑欣然接纳。又道：「此地不可居。吾山中有庵，可往住之。」就挈我登一峰颠，较此处还险峻，有一团瓢在上，就住其中，教我法术。至暮，径下山去，只留我独宿，戒我道：「切勿饮酒及淫色。」我想道：「深山之中，那得有此两事？」口虽答应，心中不然，遂宿在团瓢中床上。至更余，有一男子逾墙而入，貌绝美。我遽惊起，问了不答，叱他不退。其人直前，将拥抱我，我不肯从，其人求益坚。我抽剑欲击他，他也出剑相刺。他剑甚精利，我方初学，自知不及，只得丢了剑，哀求他道：「妾命薄，久已灰心，何忍乱我？且师有明戒，誓不敢犯。」其人不听，以剑加我颈，逼要从他。我引颈受之，曰：「要死便死，吾志不可夺！」其人收剑，笑道：「可知子心不变矣！」仔细一看，不是男子，原来是赵道姑，作此试我的。因此道我心坚，尽把术来传了。我术已成，彼自远游，我便居此山中了。』程元玉听罢，愈加钦重。

日已将午，辞了十一娘要行。因问起昨日行装仆马，十一娘道：『前途自有人送还，放心前去。』出药一囊送他，道：『每岁服一丸，可保一年无病。』送程下山，直至大路方别。才别去，行不数步，昨日群盗将行李仆马已在路旁等候奉还。程元玉将银钱分一半与他，死不敢受。减至一金做酒钱，也必不肯。问是何故？群盗道：『韦家娘子有命，虽千里之外，不敢有违。违了他的，他就知道。我等性命要紧，不敢换货用。』程元玉再三叹息，仍旧装束好了，主仆取路前进。

此后不闻十一娘音耗，已是十余年。一日，程元玉复到四川。正在栈道中行，有一少妇人，从了一个秀士行走，只管把眼来瞧他。程元玉仔细看来，也象个素相识的，却是再想不起，不知在那里会过。只见那妇人忽然叫道：『程丈别来无恙乎？还记得青霞否？』程元玉方悟是韦十一娘的女童，乃与青霞及秀士相见。青霞对秀士道：『此丈便是吾师所重程丈，我也多曾与你说过的。』秀士再与程叙过礼。程问青霞道：『尊师今在何处？此位又是何人？』青霞道：『吾师如旧。吾丈别后数年，妾奉师命嫁此士人。』程问道：『还有一位缥云何在？』青霞道：『缥云也嫁人了。吾师又另有两个弟子了。我与缥云，但逢着时节，才去问省一番。』程又问道：『娘子今将何往？』青霞道：『有些公事在此要做，不得停留。』说罢作别。看他意态甚是匆匆，一竟去了。

过了数日，忽传蜀中某官暴卒。某官性诡谲好名，专一暗地坑人夺人。那年进场做房考，又暗通关节，卖了举人，屈了真才，有像十一娘所说必诛之数。程元玉心疑道：『分明是青霞所说做的公事了。』却不敢说破，此后再也无从相闻。此是吾朝成化年间事。秣陵胡太史汝嘉有《韦十一娘传》。诗云：

侠客从来久，韦娘论独奇。
双丸虽有术，一剑本无私。
贤侯能精别，恩仇不浪施。
何当时假腕，铲尽负心儿！

第五回

感神媒张德容遇虎　凑吉日裴越客乘龙

诗曰：

每说婚姻是宿缘，定经月老把绳牵。
非徒配偶难差错，时日犹然不后先。

话说婚姻事皆系前定，从来说月下老赤绳系足，虽千里之外，到底相合。若不是因缘，眼面前也强求不得的。就是是因缘了，时辰未到，要早一日，也不能勾。时辰已到，要迟一日，也不能勾。多是氤氲大使暗中主张，非人力可以安排也。

唐朝时有一个弘农县尹，姓李。生一女，年已及笄，许配卢生。那卢生生得伟貌长髯，风流倜傥，李氏一家尽道是个快婿。一日，选定日子，赘他入宅。当时有一个女巫，专能说未来事体，颇有应验，与他家往来得熟，其日因为他家成婚行礼，也来看看耍子。李夫人平日极是信他的，就问他道：『你看我家女婿卢郎，官禄厚薄如何？』女巫道：『卢郎不是那个长须后生么？』李母道：『正是。』女巫道：『若是这个人，不该是夫人的女婿。夫人的女婿，不是这个模样。』李夫人道：『吾女婿怎么样的？』女巫道：『是一个中形白面，一些髭髯也没有的。』李夫人失惊道：『依你这等说起来，我小姐今夜还嫁人不成哩！』女巫道：『怎么嫁不成？今夜一定嫁人。』李夫人道：『好胡说！既是今夜嫁得成，岂有不是卢郎的事？』女巫道：『连我也不晓得缘故。』道言未了，只听得外面鼓乐喧天，卢生来行纳采礼，正在堂前拜跪。李夫人拽着女巫的手，向后堂门缝里指着卢生道：『你看这个行礼的，眼见得今夜成亲了，怎么不是我女婿？好笑！好笑！』那些使数养娘们见夫人说罢，大家笑道：『这老妈妈惯扯大谎，这番不准了。』女巫只不做声。

须臾之间，诸亲百眷都来看成婚盛礼。元来唐时衣冠人家，婚礼极重。合卺之夕，凡属两姓亲朋，无有不来的。就中有引礼、赞礼之人，叫做『傧相』，都不是以下人做，就是至亲好友中间，有礼度熟闲、仪客出众、声音响亮的，众人就推举他做了，是个尊重的事。其时卢生同了两个傧相，堂上赞拜。礼毕，新人入房。卢生将李小姐灯下揭巾一看，吃了一惊，打一个寒襟，叫声『阿呀！』往外就走。亲友问他，并不开口，直走出门，跨上了马，连加两鞭，飞也似去了。宾友之中，有几个与他相好的，要问缘故。又有与李氏至戚的，怕有别话错了时辰，要成全他的，多来追赶。有的赶不上，罢了，有赶着的，问他劝他，只是摇手道：『成不得！成不得！』也不肯说出缘故来，抵死不肯回马。众人计无所出，只得走转来，把卢生光景说了一遍。

那李县令气得目睁口呆，大喊道：『成何事体！成何事体！』自思女儿一貌如花，有何作怪？今且在众亲友面前说明，好教他们看个明白。因请众亲戚都到房门前，叫女儿出来拜见。就指着道：『这个便是许卢郎的小女，岂有惊人丑貌？今卢郎一见就走，若不教他见见众位，到底认做个怪物了！』众人抬头一看，果然丰姿冶丽，绝世无双。这些亲友也有说是卢郎无福的，也有说卢郎无缘的，也有道日子差池犯了凶煞的，议论一个不定。李县令忿忿地道：『料那厮不能成就，我也不伏气与他了。我女儿已奉见宾客，今夕嘉礼，不可虚废。宾客里面有愿聘的，便赴今夕佳期。有众亲在此作证明，都可做大媒。』只见傧相之中，有一人走近前来，不慌不忙道：『小子不才，愿事门馆。』众人定睛看时，那人姓郑，也是拜过官职的了。面如傅粉，唇

若涂朱，下颏上真个一根髭须也不曾生，且是标致。众人齐喝一声采道：『如此小姐，正该配此才郎！况且年貌相等，门阀相当。』就中推两位年高的为媒，另择一个年少的代为傧相，请出女儿，交拜成礼，且应佳期。一应未备礼仪，婚后再补。是夜竟与郑生成了亲。郑生容貌果与女巫之言相合，方信女巫神见。

成婚之后，郑生遇着卢生，他两个原相交厚的，问其日前何故如此。卢生道：『小弟揭巾一看，只见新人两眼通红，大如朱盏，牙长数寸，爆出口外两边。那里是个人形？与殿壁所画夜叉无二。胆俱吓破了，怎不惊走？』郑生笑道：『今已归小弟了。』卢生道：『亏兄如何熬得？』郑生道：『且请到弟家，请出来与兄相见则个。』卢生随郑生到家，李小姐梳妆出拜，天然绰约，绝非房中前日所见模样，懊悔无及。后来闻得女巫先曾有言，如此如此，晓得是有个定数，叹住罢了。正合着古语两句道：

有缘千里能相会，无缘对面不相逢。

而今再说一个唐时故事：乃是乾元年间，有一个吏部尚书，姓张名镐。有第二位小姐，名唤德容。那尚书在京中任上时，与一个仆射姓裴名冕的，两个往来得最好。裴仆射有第三个儿子，曾做过蓝田县尉的，叫做裴越客。两家门当户对，张尚书就把这个德容小姐许下了他亲事，已拣定日子成亲了。

却说长安西市中有个算命的老人，是李淳风的族人，叫做李知微，星数精妙。凡看命起卦，说人吉凶祸福，必定断下个日子，时刻不差。一日，有个姓刘的，是个应袭赁子，到京理荫求官，数年不得。这一年已自钻求要紧关节，叮嘱停当，吏部试判已毕，道是必成。闻西市李老之名，特来请问。李老卜了一封，笑道：『今年求之不得，来年不求自得。』刘生不信。只见吏部出榜，为判上落了字眼，果然无名。到明年又在吏部考试，他不曾央得人情，仰且自度书判中下，未必合式，又来西市问李老。李老道：『我旧岁就说过的，君官必成，不必忧疑。』刘生道：『若得官，当在何处？』李老道：『禄在大梁地方。得了后，你可再来见我，我有话说。』吏部榜出，果然选授开封县尉。刘生惊喜，信之如神，又去见李老。李老道：『君去为官，不必清俭，只消恣意求取，自不妨得。临到任满，可讨个差使，再入京城，还与君推算。』刘生记着言语，别去到任。那边州中刺史见他旧家人物，好生委任他。刘生想着李老之言，广取财贿，毫无避忌。上下官吏都喜欢他，再无说话。到得任满，贮积千万。遂见刺史，讨个差使。刺史依允，就教他部着本租税解京。到了京中，又见李老。李老道：『公三日内即要迁官。』刘生道：『此番进京，实要看个机会，设法迁转。却是三日内如何能勾？况未是那升迁日期，这个未必准了。』李老道：『决然不差，迁官也就在彼郡。得了后，可再来相会，还有说话。』刘生去了，明日将州中租赋到左藏库交纳。正到库前，只见东南上诺大一只五色鸟，飞来库藏屋顶住着，文彩辉煌，百鸟喧噪，弥天而来。刘生大叫：『奇怪！奇怪！』一时惊动了内官宫监大小人等，都来看嚷。有识得的道：『此是凤凰也！』那大鸟住了一会，听见喧闹之声，即时展翅飞起，百鸟渐渐散去。此话闻至天子面前，龙颜大喜，传出敕命来道：『那个先见的，于原身官职加升一级改用。』内官查得真实，却是刘生先见，遂发下吏部，迁授浚仪县丞。果是三日，又就在此州。刘生愈加敬信李老，再来问此去为官之方。李老云：『只须一如前政。』刘生依言，仍旧恣意贪取，又得了千万。任满赴京听调，又见李老。李老曰：『今番当得一邑正官，分毫不可妄取了。慎之！慎之！』刘生果授寿春县

宰。他是两任得惯了的手脚，那里忍耐得住？到任不久，旧性复发，把李老之言，丢过一边。偏生前日多取之言好听，当得个谨依来命；今日不取之言迂阔，只推道未可全信。不多时，上官论劾追赃，削职了。又来问李老道：『前两任只叫多取，今却叫不可妄取，都有应验，是何缘故？』李老道：『今当与公说明，公前世是个大商，有二千万资财，死在汴州，其财散在人处。公去做官，原是收了自家旧物，不为妄取，所以一些无事。那寿春一县之人，不曾欠公的，岂可过求？如今强要起来，就做坏了。』刘生大伏，惭悔而去。凡李老之验，如此非一，说不得这许多，而今且说正话。

那裴仆射家拣定了做亲日期，叫媒人到张尚书家来通信道日。张尚书闻得李老许多神奇灵应，便叫人接他过来，把女儿八字与婚期，教他合一合看，怕有什么冲犯不宜。李老接过八字，看了一看，道：『此命喜事不在今年，亦不在此方。』尚书道：『只怕日子不利，或者另改一个也罢，那有不在今年之理？况且男女两家，都在京中，不在此方，便在何处？』李老道：『据看命数已定，今年决然不得成亲。吉日自在明年三月初三日。先有大惊之后，方得会合，却应在南方。冥数已定，日子也不必选，早一日不成，迟一日不得。』尚书似信不信的道：『那有此话？』叫管事人封个赏封，谢了去。见出得门，裴家就来接了去，也为婚事将近，要看看休咎。李老到了裴家，占了一卦道：『怪哉！怪哉！此封恰与张尚书家的命数，正相符合。』遂取文房四宝出来，写了一柬道：

三月三日，不迟不疾。水浅舟胶，虎来人得。惊则大惊，吉则大吉。

裴越客看了，不解其意，便道：『某正为今年尚书府亲事只在早晚，问个吉凶。这「三月三日」之说，何也？』李老道：『此正是婚期。』裴越客道：『日子已定了，眼见得不到那时了。不准，不准！』李老道：『郎君不得性急。老汉所言，万无一误。』裴越客道：『「水浅舟胶，虎来人得。」大略是不祥的说话了。』李老道：『也未必不祥，应后自见。』作别过了。

正待要欢天喜地，指日成亲，只见补阙、拾遗等官，为选举不公，文章论劾吏部尚书。奉圣旨：谪贬张镐为袁州司户，即日就道。张尚书叹道：『李知微之言，验矣！』便教媒人回复裴家，约定明年三月初三，到袁州成亲。自带了家眷，星夜到贬处去了。元来唐时大官谪贬甚是萧条，亲眷避忌，不十分肯与往来的，怕有朝廷不测，时时忧恐。张尚书也不把裴家亲事在念了。

裴越客得了张家之信，吃了一惊，暗暗道：『李知微好准卦！毕竟要依他的日子了。』真是到手佳期，却成虚度，闷闷不乐，过了年节。一开新年，便打点束装，前赴袁州成婚。那越客是豪奢公子，规模不小。坐了一号大座船，满载行李辎重，家人二十多房，养娘七八个，安童七八个，择日开船。越客恨不得肋生双翅，脚下腾云，一眨眼就到袁州。行了多日，已是二月尽边，皆因船只狼犺，行李沉重，一日行不上百来里路，还有搁着浅处，弄了几日才弄得动的，还差袁州三百里远近。越客心焦，恐怕张家不知他在路上，不打点得，错过所约日子。一面舟行，一面打发一个家人，在岸路驿中讨了一匹快马，先到袁州报信。家人星夜不停，报入袁州来。那张尚书身在远方，时怀忧闷，况且不知道裴家心下如何，未知肯不嫌路远来赴前约否。正在思忖不定，得了此报，晓得裴郎已在路上将到，不胜之喜。走进衙中，对家眷说了，俱各欢喜不尽。

此时已是三月初二日了，尚书道：『明日便是吉期。如何来得及？』

但只是等裴郎到了，再定日未迟。』是夜因为德容小姐佳期将近，先替他簪了髻，设宴在后花园中，会集衙中亲丁女眷，与德容小姐添妆把盏。那花园离衙斋将有半里，袁州是个山深去处，虽然衙斋左右，多是些丛林密箐，与山林之中无异，可也幽静好看。那德容小姐同了衙中姑姨姊妹，尽意游玩。酒席既阑，日色已暮，都起身归衙。众女眷或在前，或在后，大家一头笑语，一头行走。正在喧哄之际，一阵风过，竹林中腾地跳出一个猛虎来，擒了德容小姐便走。众女眷吃了一惊，各各逃窜。那虎已自跳入蓊荟之处，不知去向了。众人性定，奔告尚书得知，合家啼哭得不耐烦。那时夜已昏黑，虽然聚得些人起来，四目相视，束手无策。无非打了火把，四下里照得一照，知他在何路上可以救得？干闹嚷了一夜，一毫无干。到得天晓，张尚书噙着眼泪，点起人夫，去寻骸骨。漫山遍野，无处不到，并无一些下落。张尚书又恼又苦，不在话下。

且说裴越客已到袁州界内石阡江中。那江中都是些山根石底，重船到处触碍，一发行不得。已是三月初二日了，还差几十里。越客道：『似此行去，如何赶得明日到？』心焦背热，与船上人发极嚷乱。船上人道：『是用不得性的！我们也巴不得到了讨喜酒吃，谁耐烦在此延挨？』裴越客道：『却是明日吉期，这等担阁怎了？』船上人道：『只是船重得紧，所以只管搁浅。若要行得快，除非上了些岸，等船轻了好行。』越客道：『有理，有理。』他自家着了急的，叫住了船，一跳便跳上了岸，招呼众家人起来。那些家人见主人已自在岸上了，谁敢不上？一走就走了二十多人起来，那船早自轻了。越客在前，众家人在后，一路走去。那船好转动，不比先前，自在江中相傍着行。行得四五里，天色将晚。看见岸旁有板屋一间，屋内有竹床一张，越客就走进屋内，叫仆童把竹床上扫拂一扫拂，坐了歇一歇气再走。这许多僮仆，都站立左右，也有站立在门外的。正在歇息，只听得树林中飕飕的风响。于时一线月痕和着星光，虽不甚明白，也微微看得见，约莫风响处，有一物行走甚快。将到近边，仔细看去，却是一个猛虎背负一物而来。众人惊惶，连忙都躲在板屋里来。其虎看看至近，众人一齐敲着板屋呐喊，也有把马鞭子打在板上，振得一片价响。那虎到板屋侧边，放下背上的东西，抖抖身子，听得众人叫喊，像似也有些惧怕，大吼一声，飞奔入山去了。

众人在屋缝里张着，看那放下的东西，恰像个人一般，又恰像在那里有些动。等了一会，料虎去远了，一齐捏把汗出来看时，却是一个人，口中还微微气喘。来对越客说了，越客分付众人救他，慌忙叫放船拢岸。众人扛扶其人上了船，叫快快解了缆开去，恐防那虎还要寻来。船行了半晌，越客叫点起火来看。舱中养娘们各拿蜡烛点起，船中明亮。看那人时，却是：

眉弯杨柳，脸绽芙蓉。喘吁吁吐气不齐，战兢兢惊神未定。头垂发乱，是个醉扶上马的杨妃；目闭唇张，好似死乍还魂的杜丽。面庞勾可十七八，美艳从来无二三。

越客将这女子上下看罢，大惊说道：『看他容颜衣服，决不是等闲村落人家的。』叫众养娘好生看视。众养娘将软褥铺衬，抱他睡在床上，解看衣服，尽被树林荆刺抓破，且喜身体毫无伤痕。一个养娘替他将乱发理清梳通了，挽起一髻，将一个手帕替他扎了。拿些姜汤灌他，他微微开口，咽下去了。又调些粥汤来灌他。弄了三四更天气，看看苏醒，神安气集。忽然抬起头来，开目一看，看见面前的人一个也不认得，哭了一声，依旧眠倒了。这边养娘们问他来历、缘故及遇虎根

由，那女子只不则声，凭他说来说去，竟不肯答应一句。

渐渐天色明了，岸上有人走动，这边船上也着水夫上纤。此时离州城只有三十里了。听得前面来的人，纷纷讲说道：『张尚书第二位小姐，昨夜在后花园中游赏，被虎扑了去，至今没寻尸骸处。』有的道：『难道连衣服都吃尽了不成？』水夫闻得此言，想着夜来的事，有些奇怪，商量道：『船上那话儿莫不正是？』就着一个下船来，把路上人来的说话，禀知越客。越客一发惊异道：『依此说话，被虎害的正是这定下的娘子了。这船中救得的，可是不是？』连忙叫一个知事的养娘来，分付他道：『你去对方才救醒的小娘子说，问可是张家德容小姐不是。』养娘依言去问，只见那女子听得叫出小名来，便大哭将起来，道：『你们是何人，晓得我的名字？』养娘道：『我们正是裴官人家的船，正为来赴小姐佳期，船行的迟，怕赶日子不迭，所以官人只得上岸行走，谁知却救了小姐上船，也是天缘分定。』那小姐方才放下了心，便说：『花园遇虎，一路上如腾云驾雾，不知行了多少路，自拼必死，被虎放下地时，已自魂不附体了。后来不知如何却在船上。』养娘把救他的始末说了一遍，来复越客道：『正是这个小姐。』越客大喜，写了一书，差一个人飞报到州里尚书家来。

尚书正为女儿骸骨无寻，又且女婿将到，伤痛无奈，忽见裴家苍头有书到，愈加感切。拆开来看，上写道：

趋赴嘉礼，江行舟涩。从陆倍道，忽遇虎负爱女至。惊逐之顷，虎去而人不伤。今完善在舟，希示进止！子婿裴越客百拜。

尚书看罢，又惊又喜。走进衙中说了，满门叹异。尚书夫人便道：『从来罕闻奇事。想是为吉日赶不及了，神明所使。今小姐既在裴郎船上，还可赶得今朝成亲。』尚书道：『有理，有理。』就叫鞴一匹快马，带了仪从，不上一个时辰，赶到船上来。翁婿相见，甚喜。见了女儿，又悲又喜，安慰了一番。尚书对裴越客道：『好教贤婿得知，今日之事，旧年间李知微已断定了，说成亲毕竟要今日。昨晚老夫见贤婿不能勾就到，道是决赶不上今日这吉期，谁想有此神奇之事，把小女竟送到尊舟？如今若等尊舟到州城，水路难行，定不能勾。莫若就在尊舟，结了花烛，成了亲事，明日慢慢回衙，这吉期便不错过了。』裴越客见说，便想道：『若非岳丈之言，小婿几乎忘了。旧年李知微题下六句。首二句道：「三月三日，不迟不疾。」若是小婿在舟行时，只疑迟了，而今虎送将来，正应着今日。中二句道：「水浅舟胶，虎来人得。」小婿起初道不祥之言，谁知又应着这奇事。后来二句：「惊则大惊，吉则大吉。」果然这一惊不小，谁知反因此凑着吉期。李知微真半仙了！』张尚书就在船边分派人，唤起傧相，办下酒席，先在舟中花烛成亲，合卺饮宴。礼毕，张尚书仍旧鞴马先回，等他明日舟到，接取女儿女婿。

是夜，裴越客遂同德容小姐，就在舟中共入鸳帏欢聚。少年夫妇，极尽于飞之乐。明日舟到，一同上岸，拜见丈母诸亲。尚书夫人及姑姨姊妹、合衙人等，看见了德容小姐，恰似梦中相逢一般。欢喜极了，反有堕下泪来的。人人说道：『只为好日来不及，感得神明之力，遣个猛虎做媒，把百里之程顷刻送到。从来无此奇事。』这话传出去，个个奇骇，道是新闻。民间各处，立起个『虎媒之祠』。但是有婚姻求合的，虔诚祈祷，无有不应。至今黔峡之间，香火不绝。于时有六句口号：

仙翁知微，判成定数。
虎是神差，佳期不挫。
如此媒人，东道难做。

第六回

酒下酒赵尼媪迷花　机中机贾秀才报怨

诗曰：

色中饿鬼是僧家，尼扮繇来不较差。
况是能通闺阁内，但教着手便勾叉。

话说三姑六婆，最是人家不可与他往来出入。盖是此辈工夫又闲，心计又巧，亦且走过千家万户，见识又多，路数又熟，不要说那些不正气的妇女，十个着了九个儿，就是一些针缝也没有的，他会千方百计弄出机关，智赛良、平，辩同何、贾，无事诱出有事来。所以宦户人家有正经的，往往大张告示，不许出入。其间一种最狠的，又是尼姑。他借着佛天为由，庵院为囿，可以引得内眷来烧香，可以引得子弟来游耍。见男人问讯称呼，礼数毫不异僧家，接对无妨；到内室念佛看经，体格终须是妇女，交搭更便。从来马泊六、撮合山，十桩事倒有九桩是尼姑做成、尼庵私会的。

只说唐时有个妇人狄氏，家世显宦，其夫也是个大官，称为夫人。夫人生得明艳绝世，名动京师。京师中公侯戚里人家妇女，争宠相骂的，动不动便道：『你自逞标致，好歹到不得狄夫人，乃敢欺凌我！』美名一时无比，却又资性贞淑，言笑不苟，极是一个有正经的妇人。于时西池春游，都城士女欢集，王侯大家，油车帟幕，络绎不绝。狄夫人免不得也随俗出游。有个少年风流在京候选官的，叫做滕生。同在池上，看见了这个绝色模样，惊得三魂飘荡，七魄飞扬，随来随去，目不转睛。狄氏也抬起眼来，看见滕生风流行动，他一边无心的，却不以为意。争奈滕生看得痴了，恨不得寻口冷水，连衣服都吞他的肚里去。问着旁边人，知是有名美貌的狄夫人。车马散了，滕生怏怏归来，整整想了一夜。自是行忘止，食忘飧，却像掉下了一件甚么东西，无时无刻不在心上。熬煎不过，因到他家前后左右，访问消息，晓得平日端洁，无路可通。滕生想道：『他平日岂无往来亲厚的女眷？若问得着时，或者寻出机会来。』仔细探访，只见一日他门里走出一个尼姑来。滕生尾着去，问路上人，乃是静乐院主慧澄，惯一在狄夫人家出入的。滕生便道：『好了，好了。』连忙跑到下处，将银十两封好了，急急赶到静乐院来。问道：『院主在否？』慧澄出来，见是一个少年官人，请进奉茶。稽首毕，便问道：『尊姓大名？何劳贵步？』滕生通罢姓名，道：『别无他事，久慕宝房清德，少备香火之资，特来随喜。』袖中取出银两递过来。慧澄是个老世事，一眼瞅去，觉得沉重，料道有事相央，口里推托『不当』，手中已自接了，谢道：『承蒙厚赐，必有所言。』滕生只推没有别话，表意而已，别了回寓。慧澄想道：『却不奇怪！这等一个美少年，想我老尼什么？送此厚礼，又无别话。』一时也委决不下。

只见滕生每日必来院中走走，越见越加殷勤，往来渐熟了。慧澄一日便问道：『官人含糊不决，必有什么事故，但有见托，无不尽力。』滕生道：『说也不当，料是做不得的。但只是性命所关，或者希冀老师父万分之一，出力救我，事若不成，拚个害病而死罢了。』慧澄见说得尴尬，便道：『做得做不得，且说来！』滕生把西池上遇见狄氏，如何标致，如何想慕，若得一了凤缘，万金不惜，说了一遍。慧澄笑道：『这事却难，此人与我往来，虽是标致异常，却毫无半点暇疵，如何动得手？』滕生想一想，问道：『师父既与他往来，晓得他平日好些什么？』慧澄道：『也不见他好甚东西。』滕生又道：『曾托师父做些甚么否？』

慧澄道：『数日前托我寻些上好珠子，说了两三遍。只有此一端。』滕生大笑道：『好也！好也！天生缘分。我有个亲戚是珠商，有的是好珠。我而今下在他家，随你要多少是有的。』即出门雇马，如飞也似去了。

一会，带了两袋大珠，来到院中，把与慧澄看道：『珠值二万贯，今看他标致分上，让他一半，万贯就与他了。』慧澄道：『其夫出使北边，他是个女人在家，那能凑得许多价钱？』滕生笑道：『便是四五千贯也罢，再不，千贯数百贯也罢。若肯圆成好事，一个钱没有也罢了。』慧澄也笑道：『好痴话！既有此珠，我与你仗苏、张之舌，六出奇计，好歹设法来院中走走。此时再看机会，弄得与你相见一面，你自放出手段来，成不成看你造化，不关我事。』滕生道：『全仗高手救命则个。』

慧澄笑嘻嘻地提了两囊珠子，竟望狄夫人家来。与夫人见礼毕，夫人便问：『囊中何物？』慧澄道：『是夫人前日所托寻取珠子，今有两囊上好的，送来夫人看看。』解开囊来，狄氏随手就囊中取起来看，口里啧啧道：『果然好珠！』看了一看，爱玩不已。问道：『要多少价钱？』慧澄道：『讨价万贯。』狄氏惊道：『此只讨得一半价钱，极是便宜的。但我家相公不在，一时凑不出许多来，怎么处？』慧澄扯狄氏一把道：『夫人，且借一步说话。』狄氏同他到房里来。慧澄说道：『夫人爱此珠子，不消得钱。此是一个官人要做一件事的。』说话的，难道好人家女眷面前，好直说道『送此珠子求做那件事一场』不成？看官，不要性急，你看那尼姑巧舌，自有宛转。当时狄氏问道：『此官人要做何事？』慧澄道：『是一个少年官人，因仇家诬枉，失了官职，只求一关节到吏部辨白是非，求得复任，情愿送此珠子。我想夫人兄弟及相公伯叔辈，多是显要，夫人想一门路指引他，这珠子便不消钱了。』狄氏道：『这等，你且拿去还他，等我慢慢想一想，有了门路再处。』慧澄道：『他事体急了，拿去，他又寻了别人，那里还捞得他珠子转来？不如且留在夫人这里，对他只说有门路，明日来讨回音罢。』狄氏道：『这个使得。』慧澄别了，就去对滕生一一说知。滕生道：『今将何处？』慧澄道：『他既看上珠子，收下了，不管怎地，明日定要设法他来，看手段。』滕生又把十两银子与他了，叫他明日早去。

那边狄氏别了慧澄，再把珠子细看，越看越爱。便想道：『我去托弟兄们，讨此分上不难，这珠眼见得是我的了。』元来人心不可有欲，一有欲心被人窥破，便要落入圈套。假如狄氏不托尼姑寻珠，便无处生端；就是见了珠子，有钱则买，无钱便罢，一则一，二则二，随你好汉，动他分毫不得。只为欢喜这珠子，又凑不出钱，便落在别人机彀中，把一个冰清玉洁的弄得没出豁起来。却说狄氏明日正在思量这事，那慧澄也来了，问道：『夫人思量事体可成否？』狄氏道：『我昨夜为他细想一番，门路却有，管取停当。』慧澄道：『却有一件难处，动万贯事体，非同小可。只凭我一个贫姑，秤起来，肉也不多几斤的，说来说去，宾主不相识，便道做得事来，此人如何肯信？』狄氏道：『是到也是，却待怎么呢？』慧澄道：『依我愚见，夫人只做设斋，到我院中，等此官人只做无心撞见，两下觌面照会，这使得么？』狄氏是个良人心性，见说要他当面见生人，耳根通红起来，摇手道：『这如何使得！』慧澄也变起脸来道：『有甚么难事？不过等他自说一番缘故，这里应承做得，使他别无疑心，方才的确。若夫人道见面使不得，这事便做不成，只索罢了，不敢相强。』狄氏又想了一想道：『既是老师父主见如此，想也无妨。后二日我亡兄忌日，我便到院中来做斋。但只叫他

立谈一两句，就打发去，须防耳目不雅。』慧澄道：『本意原只如此，说罢了正话，留他何干？自不须断当得。』慧澄期约已定，转到院中，滕生已先在，把上项事一一说了。滕生拜谢道：『仪、秦之辩，不过如此矣！』巴到那日，慧澄清早起来，端正斋筵。先将滕生藏在一个人迹不到的静室中，桌上摆设精致酒肴，把门掩上了。慧澄自出来外厢支持，专等狄氏。正是：

安排扑鼻香芳饵，专等鲸鲵来上钩。

狄氏到了这日晡时，果然盛妆而来。他恐怕惹人眼目，连童仆都打发了去，只带一个小丫鬟进院来。见了慧澄，问道：『其人来未？』慧澄道：『未来。』狄氏道：『最好。且完了斋事。』慧澄替他宣扬意旨，祝赞已毕，叫一个小尼领了丫鬟别处顽耍，对狄氏道：『且到小房一坐。』引狄氏转了几条暗弄，至小室前，搴帘而入。只见一个美貌少年独自在内，满桌都是酒肴，吃了一惊，便欲避去。慧澄便捣鬼道：『正要与夫人对面一言，官人还不拜见！』滕生卖弄俊俏，连忙趋到跟前，劈面拜下去。狄氏无奈，只得答他。慧澄道：『官人感夫人盛情，特备一卮酒谢夫人。夫人鉴其微诚，万勿推辞！』狄氏欲待起身，抬起眼来，元来是西池上曾面熟过的。看他生得少年，万分清秀可喜，心里先自软了。带着半羞半喜，呐出一句道：『有甚事，但请直说。』慧澄挽着狄氏衣袂道：『夫人坐了好讲，如何彼此站着？』滕生满斟着一杯酒，笑嘻嘻的唱个肥喏，双手捧将过来安席。狄氏不好却得，只得受了，一饮而尽。慧澄接着酒壶，也斟下一杯。狄氏会意，只得也把一杯回敬。眉来眼去，狄氏把先前矜庄模样都忘怀了。又问道：『官人果要补何官？』滕生便把眼瞅慧澄一瞅道：『师父在此，不好直说。』慧澄道：『我便略回避一步。』跳起身来就走，扑地把小门关上了。

说时迟，那时快。滕生便移了己坐，挨到狄氏身边，双手抱住道：『小子自池上见了夫人，朝思暮想，看看等死，只要夫人救小子一命。夫人若肯周全，连身躯性命也是夫人的了，甚么得官不得官，放在心上？』双膝跪将下去。狄氏见他模样标致，言词可怜，千夫人万夫人的哀求，真个又惊又爱。欲要叫喊，料是无益。欲要推托，怎当他两手紧紧抱住。就跪的势里，一直抱将起来，走到床前，放倒在床里，便去乱扯小衣。狄氏也一时动情，淫兴难遏，没主意了。虽也左遮右掩，终久不大阻拒，任他舞弄起来。那滕生是少年在行，手段高强，弄得狄氏遍体酥麻，阴精早泄。原来狄氏虽然有夫，并不曾经着这般境界，欢喜不尽。云雨既散，挈其手道：『子姓甚名谁？若非今日，几虚做了一世人。自此夜夜当与子会。』滕生说了姓名，千恩万谢。恰好慧澄开门进来，狄氏羞惭不语。慧澄道：『夫人勿怪！这官人为夫人几死，贫道慈悲为本，设法夫人救他一命，胜造七级浮图。』狄氏道：『你哄得我好！而今要在你身上，夜夜送他到我家来便罢。』慧澄道：『这个当得。』当夜散去。

此后每夜便开小门放滕生进来，并无虚夕。狄氏心里爱得紧，只怕他心上不喜欢，极意奉承。滕生也尽力支陪，打得火块也似热的。过得数月，其夫归家了，略略踪迹稀些。然但是其夫出去了，便叫人请他来会。又是年余，其夫觉得有些风声，防闲严切，不能往来。狄氏思想不过，成病而死。本来好好一个妇人，却被尼姑诱坏了身体，又送了性命。然此还是狄氏自己水性，后来有些动情，没正经了，故着了手。

而今还有一个正经的妇人，中了尼姑毒计，到底不甘，与夫同心合计，弄得尼姑死无葬身之地。果是快心，罕闻罕见。正合着《普门品》云：

咒诅诸毒药，所欲害身者。
念彼观音力，还着于本人。

话说婺州一个秀才，姓贾，青年饱学，才智过人。有妻巫氏，姿容绝世，素性贞淑。两口儿如鱼似水，你敬我爱，并无半句言语。那秀才在大人家处馆读书，长是半年不回来。巫娘子只在家里做生活，与一个侍儿叫做春花过日。那娘子一手好针线绣作，曾绣一幅观音大士，绣得庄严色相，俨然如生。他自家十分得意，叫秀才拿到裱褙店里裱着，见者无不赞叹。裱成画轴，取回来挂在一间洁净房里，朝夕焚香供养。只因一念敬奉观音，那条街上有一个观音庵，庵中有一个赵尼姑，时常到他家来走走。秀才不在家时，便留他在家做伴两日。赵尼姑也有时请他到庵里坐坐，那娘子本分，等闲也不肯出门，一年也到不得庵里一两遭。

一日春间，因秀才不在，赵尼姑来看他，闲话了一会，起身送他去。赵尼姑道：『好天气，大娘便同到外边望望。』也是合当有事，信步同他出到自家门首，探头门外一看，只见一个人，谎子打扮的，在街上摆来，被他劈面撞见。巫娘子连忙躲了进来，掩在门边，赵尼姑却立定着。原来那人认得赵尼姑的，说道：『赵师父，我那处寻你不到，你却在此。我有话和你商量则个。』尼姑道：『我别了这家大娘来和你说。』便走进与巫娘子作别了。这边巫娘子关着门，自进来了。

且说那叫赵尼姑这个谎子打扮的人，姓卜名良，乃是婺州城里一个极淫荡不长进的。看见人家有些颜色的妇人，便思勾搭上场，不上手不休。亦且淫滥之性，不论美恶，都要到手，所以这些尼姑，多是与他往来的，有时做他牵头，有时趁着绰趣。这赵尼姑有个徒弟，法名本空，年方二十余岁，尽有姿容。那里算得出家？只当老尼养着一个粉头

初刻拍案惊奇

一般，陪人歇宿，得人钱财，但只是瞒着人做。这个卜良就是赵尼姑一个主顾。当日赵尼姑别了巫娘子，赶上了他，问道：『卜官人，有甚说话？』卜良道：『你方才这家，可正是贾秀才家？』赵尼姑道：『正是。』卜良道：『久闻他家娘子生得标致，适才同你出来掩在门里的，想正是他了。』赵尼姑道：『亏你聪明，他家也再无第二个。不要说他家，就是这条街上，也没再有似他标致的。』卜良道：『果然标致，名不虚传！几时再得见见，看个仔细便好。』赵尼姑道：『这有何难！二月十九日观音菩萨生辰，街上迎会，看的人，人山人海，你便到他家对门楼上，赁间房子住下了。他独自在家里，等我去约他出来，门首看会，必定站立得久。那时任凭你窗眼子张着，可不看一个饱？』卜良道：『妙，妙！』

到了这日，卜良依计到对门楼上住下，一眼望着贾家门里。只见赵尼姑果然走进去，约了出来。那巫娘子一来无心，二来是自己门首，只怕街上有人瞧见，怎提防对门楼上暗地里张他？卜良从头至尾，看见仔仔细细。直待进去了，方才走下楼来。恰好赵尼姑也在贾家出来了，两个遇着。赵尼姑笑道：『看得仔细么？』卜良道：『看倒看得仔细了，空想无用，越看越动火，怎生到手便好？』赵尼姑道：『阴沟洞里思量天鹅肉吃！他是个秀才娘子，等闲也不出来。你又非亲非族，一面不相干，打从那里交关起？只好看看罢了。』一头说，一头走到了庵里。卜良进了庵，便把赵尼姑跪一跪道：『你在他家走动，是必在你身上想一个计策，勾他则个。』赵尼姑摇头道：『难，难，难！』卜良道：『但得尝尝滋味，死也甘心。』赵尼姑道：『这娘子不比别人，说话也难轻说的。若要引动他春心，与你往来，一万年也不能勾！若只要尝尝滋味，好歹硬做他一做，也不打紧。却是性急不得。』卜良道：『难道强奸他不成？』赵尼姑道：『强是不强，不由得他不肯。』卜良道：『妙计安在？我当筑坛拜将。』赵尼姑道：『从古道「慢橹摇船捉醉鱼」，除非弄醉了他，凭你施为。你道好么？』卜良道：『好倒好，如何使计弄他？』赵尼姑道：『这娘子点酒不闻的，他执性不吃，也难十分强他。若是苦苦相劝，他疑心起来，或是嗔怒起来，毕竟不吃，就没奈他何。纵然灌得他一杯两盏，易得醉，易得醒，也脱哄他不得。』卜良道：『而今却是怎么？』赵尼姑道：『有个法儿算计他，你不要管。』卜良毕竟要说明，赵尼姑便附耳低言：如此如此，这般这般，『你道好否？』卜良跌脚大笑道：『妙计，妙计！从古至今，无有此法。』赵尼姑道：『只有一件，我做此事哄了他，他醒来认真起来，必是怪我，不与我往来了，却是如何？』卜良道：『只怕不到得手，既到了手，他还要认甚么真？翻得转面孔？凭着一味甜言媚语哄他，从此做了长相交也不见得。倘若有些怪你，我自重重相谢罢了。敢怕替我滚热了，我还要替你讨分上哩。』赵尼姑道：『看你嘴脸！』两人取笑了一回，各自散了。

自此，卜良日日来庵中问信，赵尼姑日日算计要弄这巫娘子。隔了几日，赵尼姑办了两盒茶食，来贾家探望巫娘子，巫娘子留她吃饭。赵尼姑趁着机会，扯着些闲言语，便道：『大娘子与秀才官人两下青春，成亲了多时，也该有喜信生小官人了。』巫娘子道：『便是呢！』赵尼姑道：『何不发个诚心，祈求一祈求？』巫娘子道：『奴在自己绣的观音菩萨面前，朝夕焚香，也曾暗暗祷祝，不见应验。』赵尼姑道：『大娘年纪小，不晓得求子法。求子嗣须求白衣观音，自有一卷《白衣经》，不是平时的观音，也不是《普门品观音经》。那《白衣经》有许多灵验，小庵请的那卷，多载在后边，可惜不曾带来与大娘看。不要

说别处，只是我婺州城里城外，但是印施的，念诵的，无有不生子，真是千唤千应，万唤万应的。』巫娘子道：『既是这般有灵，奴家有烦师父，替我请一卷到家来念。』赵尼姑道：『大娘不曾晓得念，这不是就好念得起的。须请大娘到庵中，在白衣大士菩萨面前亲口许下卷数。等贫姑通了诚，先起个卷头，替你念起几卷，以后到大娘家，把念法传熟了，然后大娘逐日自念便是。』巫娘子道：『这个却好。待我先吃两日素，到庵中许愿起经罢。』赵尼姑道：『先吃两日素，足见大娘虔心。起经以后，但是早晨未念之先，吃些早素，念过了，吃荤也不妨的。』巫娘子道：『元来如此，这却容易。』巫娘子与他约定日期到庵中，先把五钱银子与他做经衬斋供之费。赵尼姑自去，早把这个消息通与卜良知道了。

那巫娘子果然吃了两日素，到第三日起个五更，打扮了，领了丫鬟春花，趁早上人稀，步过观音庵来。看官听着，但是尼庵、僧院，好人家儿女不该轻易去的。说话的若是同年生、并时长，在旁边听得，拦门拉住，不但巫娘子完名全节，就是赵尼姑也保命全躯。只因此一去，有分教：

旧室娇姿，污流玉树；空门孽质，血染丹枫。

这是后话，且听接上前因。

那赵尼姑接着巫娘子，千欢万喜，请了进来坐着。奉茶过了，引他参拜了白衣观音菩萨。巫娘子自己暗暗地祷祝，赵尼姑替他通诚，说道：『贾门信女巫氏，情愿持诵《白衣观音》经卷，专保早生贵子，吉祥如意者！』通诚已毕，赵尼姑敲动木鱼，就念起来。先念了《净口业真言》，次念《安土地真言》。启请过，先拜佛名号多时。然后念经，一气念了二十来遍。说这赵尼姑奸狡，晓得巫娘子来得早，况且前日有了斋供，家里定是不吃早饭的。特地故意忘怀，也不拿东西出来，也不问起曾吃不曾吃，只管延挨，要巫娘子忍这一早饿，对付他。那巫娘子是个娇怯怯的，空心早起，随他拜了佛多时，又觉劳倦，又觉饥饿，不好说得。只叫丫鬟春花，与他附耳低言道：『你看厨下有些热汤水，斟一碗来！』赵尼姑看见，故意问道：『只管念经完正事，竟忘了大娘曾吃饭未？』巫娘子道：『来得早了，实是未曾。』赵尼姑道：『你看我老昏么！不曾办得早饭。办不及了，怎么处？把昼斋早些罢。』巫娘子道：『不瞒师父说，肚里实是饥了。随分甚么点心，先吃些也好。』赵尼姑故意谦逊了一番，走到房里一会，又走到灶下一会，然后叫徒弟本空托出一盘东西、一壶茶来。巫娘子已此饿得肚转肠鸣了。摆上一台好些时新果品，多救不得饿，只有热腾腾的一大盘好糕。巫娘子取一块来吃，又软又甜，况是饥饿头上，不觉一连吃了几块。小师父把热茶冲上，吃了两口，又吃了几块糕，再冲茶来吃。吃不到两三口，只见巫氏脸儿通红，天旋地转，打个呵欠，一堆软倒在椅子里面。赵尼姑假意吃惊道：『怎的来！想是起得早了，头晕了，扶他床上睡一睡起来罢。』就同小师父本空连椅连人杠到床边，抱到床上放倒了头，眠好了。

你道这糕为何这等利害？元来赵尼姑晓得巫娘子不吃酒，特地对付下这个糕。乃是将糯米磨成细粉，把酒浆和匀，烘得极干，再研细了，又下酒浆。如此两三度，搅入一两样不按君臣的药末，譆起成糕。一见了热水，药力、酒力俱发作起来，就是做酒的酵头一般。别人且当不起，巫娘子是吃糟也醉的人，况且又是清早空心，乘饿头上，又吃得多了，热茶下去，发作上来，如何当得？正是：由你奸似鬼，吃了老娘洗脚水。

赵尼姑用此计较，把巫娘子放翻了。那春花丫头见家主婆睡着，偷得浮生半日闲，小师父引着他自去吃东西顽耍去了，那里还来照管？赵尼姑忙在暗处叫出卜良来道：『雌儿睡在床上了，凭你受用去！不知怎么样谢我？』那卜良关上房门，揭开帐来一看，只见酒气喷人，巫娘两脸红得可爱，就如一朵醉海棠一般，越看越标致了。卜良淫兴如火，先去亲个嘴，巫娘子一些不知，就便轻轻去了裤儿，露出雪白的下体来。卜良腾地爬上身去，自夸道：『惭愧，也有这一日也！』巫娘子软得身体动弹不得，朦胧昏梦中，虽是略略有些知觉，还错认做家里夫妻做事一般，不知一个皂白，凭他轻薄颠狂了一会。行事已毕，巫娘子兀自昏眠未醒，卜良就一手搭在巫娘子身上，做一头，偎着脸，睡下多时。

巫娘子药力已散，有些醒来。见是一个面生的人一同睡着，吃了一惊，惊出一身冷汗，叫道：『不好了！』急坐起来，那时把害的酒意都惊散了，大叱道：『你是何人？敢污良人！』卜良也自有些慌张，连忙跪下讨饶道：『望娘子慈悲，恕小子无礼则个。』巫娘子见裤儿脱下，晓得着了道儿，口不答应，提起裤儿穿了，一头喊叫春花，一头跳下床便走。卜良恐怕有人见，不敢随来，元在房里躲着。巫娘子开了门，走出房又叫：『春花！』春花也为起得早了，在小师父房里打盹，听得家主婆叫响，呵欠连天，走到面前。巫娘子骂道：『好奴才！我在房里睡了，你怎不相伴我？』巫娘子没处出气，狠狠要打，赵尼姑走来相劝。巫娘子见了赵尼姑，一发恼恨，将春花打了两掌，道：『快收拾回去！』春花道：『还要念经。』巫娘子道：『多嘴奴才，谁要你管！』气得面皮紫涨，也不理赵尼姑，也不说破，一径出庵，一口气同春花走到家里。开门进去，随手关了门，闷闷坐着。定性了一回，问春花道：『我记得饿了吃糕，如何在床上睡着？』春花道：『大娘吃了糕，呷了两口茶，便自倒在椅子上。是赵师父与小师父同扶上床去的。』巫娘子道：『你却在何处？』春花道：『大娘睡了，我肚里也饿，先吃了大娘剩的糕，后到小师父房里吃茶。有些困倦，打了一个盹，听得大娘叫，就来了。』巫娘子道：『你看见有甚么人走进房来？』春花道：『不见甚么人，无非只是师父们。』巫娘子默默无言，自想睡梦中光景，有些恍惚记得，又将手摸摸自己阴处，见是黏黏涎涎的。叹口气道：『罢了，罢了，谁想这妖尼如此好毒！把我洁净身体，与这个甚么天杀的点污了，如何做得人？』噙着泪眼，暗暗恼恨，欲要自尽，还想要见官人一面，割舍不下。只去对着自绣的菩萨哭告道：『弟子有恨在心，望菩萨灵感报应则个。』祷罢，哽哽咽咽，思想丈夫，哭了一场，没情没绪睡了，春花正自不知一个头脑。

且不说这边巫娘子烦恼。那边赵尼姑见巫娘子带着怒色，不别而行，晓得卜良着了手。走进房来，见卜良还眠在床上，把指头咬在口里，呆呆地想着光景。赵尼姑见此行径，惹起老骚，连忙骑在卜良身上道：『还不谢谢媒人！』怎奈卜良方才泄得过，不能再举。老尼急了，把卜良咬了一口道：『却便宜了你，倒急煞了我！』卜良道：『感恩不尽，夜间尽情陪你罢，况且还要替你商量个后计。』赵尼姑道：『你说只要尝滋味，又有甚么后计？』卜良道：『既得陇，复望蜀，人之常情。既尝着了滋味，如何还好罢得？方才是勉强的，毕竟得他欢欢喜喜，自情自愿往来，方为有趣。』赵尼姑道：『你好不知足！方才强做了他，他一天怒气，别也不别去了。不知他心下如何，怎好又想后会？直等再看个机会，他与我愿不断往来，就有商量了。』卜良道：『也是，也是。全仗神机妙算。』是夜卜良感激老尼，要奉承他欢喜，躲在

初刻拍案惊奇

庵中，与他纵其淫乐，不在话下。

却说贾秀才在书馆中，是夜得其一梦。梦见身在家中，一个白衣妇人走入门来，正要上前问他，见他竟进房里。秀才大踏步赶来，却走在壁间挂的绣观音轴上去了，秀才抬头看时，上面有几行字。仔细看了，从头念去，上写道：

口里来的口里去，报仇雪耻在徒弟。

念罢，掇转身来，见他娘子拜在地下。他一把扯起，撒然惊觉。自想道：『此梦难解，莫不娘子身上有些疾病事故，观音显灵相示？』次日就别了主人家，离了馆门。一路上来，详解梦语不出，心下忧疑。到得家中叫门，春花出来开了。贾秀才便问：『娘子何在？』春花道：『大娘不起来，还眠在床上。』秀才道：『这早晚如何不起来？』春花道：『大娘有些不快活，口口叫着官人啼哭哩！』秀才见说，慌忙走进房来。只见巫娘子望见官人来了，一毂辘跳将起来。秀才看时，但见蓬头垢面，两眼通红。走起来，一头哭，一头扑地拜在地上。秀才吃了一惊道：『如何作此模样？』一手扶起来。巫娘子道：『官人与奴做主则个。』秀才道：『是谁人欺负你？』巫娘子打发丫头灶下烧茶做饭去了，便哭诉道：『奴与官人匹配以来，并无半句口面，半点差池。今有大罪在身，只欠一死。只等你来，说个明白，替奴做主，死也瞑目。』秀才道：『有何事故，说这等不祥的话？』巫娘子便把赵尼姑如何骗他到庵念经，如何哄他吃糕软醉，如何叫人乘醉奸他说了，又哭倒在地。

秀才听罢，毛发倒竖起来，喊道：『有这等异事！』便问道：『你晓得那个是何人？』娘子道：『我那晓得？』秀才把床头剑拔出来，在桌上一击道：『不杀尽此辈，何以为人！但只是既不晓得其人，若不精细，必有漏脱。还要想出计较来。』娘子道：『奴告诉官人已过。奴事已毕，借官人手中剑来，即此就死，更无别话。』秀才道：『不要短见，此非娘子自肯失身。这里所遭不幸，娘子立志自明。今若轻身一死，有许多不便。』娘子道：『有甚不便，也顾不得了。』秀才道：『你死了，你娘家与外人都要问缘故。若说了出来，你落得死了，丑名难免，抑且我前程罢了。若不说出来，你家里族人又不肯干休于我，我自身也理不直，冤仇何时而报？』娘子道：『若要奴身不死，除非妖尼、奸贼多死得在我眼里，还可忍耻偷生。』秀才想了一会道：『你当时被骗之后，见了赵尼，如何说了？』娘子道：『奴着了气，一径回来了，不与他开口。』秀才道：『既然如此，此仇不可明报。若明报了，须动官司口舌，毕竟难掩真情。众口喧传，把清名点污。我今心思一计，要报得无些痕迹，一个也走不脱方妙。』低头一想，忽然道：『有了，有了。此计正合着观世音梦中之言。妙！妙！』娘子道：『计将安出？』秀才道：『娘子，你要明你心事，报你冤仇，须一一从我。若不肯依我，仇也报不成，心事也不得明白。』娘子道：『官人主见，奴怎敢不依？只是要做得停当便好。』秀才道：『赵尼姑面前，既是不曾说破，不曾相争，他只道你一时含羞来了，妇人水性，未必不动心。你今反要去赚得赵尼姑来，便有妙计。』附耳低言道：『如此如此，这般这般，『此乃万全胜算。』巫娘子道：『计较虽好，只是羞人。今要报仇，说不得了。』夫妻计议已定。

明日，秀才藏在后门静处。巫娘子便叫春花到庵中去请赵尼姑来说话。赵尼姑见了春花，又见说请他，便暗道：『这雌儿想是尝着甜头，熬不过，转了风也。』摇摇摆摆，同春花飞也似来了。赵尼姑见了巫娘子，便道：『日前得罪了大娘，又且简慢了，休要见怪！』巫娘子叫春花走开了，捏着赵尼姑的手轻问道：『前日那个是甚么人？』赵尼姑见有些意思，就低低道：『是此间极风流底卜大郎，叫做卜良，有情有趣，少年女娘见了，无有不喜欢他的。他慕大娘标致得紧，日夜来拜求我。我怜他一点诚心，难打发他，又见大娘孤单在家，未免清冷。少年时节便相处着个把，也不虚度了青春，故此做成这事。那家猫儿不吃荤？多在我老人家肚里。大娘不要认真，落得便快活快活。等那个人菩萨也似敬你，宝贝也似待你，有何不可？』巫娘子道：『只是该与我熟商量，不该做作我。而今事已如此，不必说了。』赵尼姑道：『你又不曾认得他，若明说，你怎么肯？今已是一番过了，落得图个长往来好。』巫娘子道：『枉出丑了一番，不曾看得明白，模样如何？情性如何？既然爱我，你叫他到我家再会会看。果然人物好，便许他暗地往来也使得。』赵尼姑暗道：『中了机谋。』不胜之喜，并无一些疑心。便道：『大娘果然如此，老身今夜就叫他来便了。这个人物尽着看，是好的。』巫娘子道：『点上灯时，我就自在门内等他，咳嗽为号，领他进房。』

赵尼姑千欢万喜，回到庵中，把这消息通与卜良。那卜良听得头颠尾颠，恨不得金乌早坠，玉兔飞升。到得傍晚，已自在贾家门首探头探脑，恨不得就将那话儿拿下来，望门内撩了进去。看看天晚，只见扑的把门关上了。卜良疑是尼姑捣鬼，却放心未下。正在踌躇，那门里咳嗽一声，卜良外边也接应咳嗽一声，轻轻的一扇门开了。卜良咳嗽一声，里头也咳嗽一声，卜良将身闪入门内。门内数步，就是天井。星月光来，朦胧看见巫娘子身躯。卜良上前，当面一把抱住道：『娘子恩德如山。』巫娘子怀着一天愤气，故意不行推拒，也将两手紧紧抠着，只当是拘住他。卜良急将口来亲着，将舌头伸过巫娘子口中乱搅，巫娘子两手越抠得紧了，咂吮他舌头不住。卜良兴高了，阳物翘然，舌头越伸过来。巫娘子性起，趷踔一口，咬住不放。卜良痛极，放手急挣，已被巫娘子啃下五七分一段舌头来。卜良慌了，望外急走。

巫娘子吐出舌尖在手，急关了门，走到后门，寻着了秀才道：『仇人舌头咬在此了。』秀才大喜，取了舌头，把汗巾包了，带了剑，趁着星月微明，竟到观音庵来。那赵尼姑料道卜良必定成事，宿在贾家，已自关门睡了。只见有人敲门，那小尼是年纪小的，倒头便睡，任人擂破了门，也不会醒。老尼心上有事，想着卜良与巫娘子，欲心正炽，那里就睡得去？听得敲门，心疑卜良了事回来，忙呼小尼，不见答应，便自家爬起来开门。才开得门，被贾秀才拦头一刀，劈将下来。老尼望后便倒，鲜血直冒，呜呼哀哉了。贾秀才将门关了，提了剑，走将进来寻人。心里还道：『倘得那卜良也在庵里，一同结果他。』见佛前长明灯有火点着，四下里一照，不见一个外人。只见小尼睡在房里，也是一刀，早气绝了。连忙把灯拨亮，却就灯下解开手巾，取出那舌头来，将刀撬开小尼口，将舌放在里面。打灭了灯火，拽上了门，竟自归家。对妻子道：『师徒皆杀，仇已报矣。』巫娘子道：『这贼只损得舌头，不曾杀得。』秀才道：『不妨，不妨！自有人杀他。而今已后，只做不知，再不消提起了。』

却说那观音庵左右邻，看见日高三丈，庵中尚自关门，不见人动静，疑心起来。走去推门，门却不拴，一推就开了。见门内杀死老尼，吃了一惊。又寻进去，见房内又杀死小尼。一个是劈开头的，一个是砍断喉的。慌忙叫了地方坊长、保正人等，多来相视看验，好报官府。地方齐来检看时，只见小尼牙关紧闭，噙着一件物事，取出来，却是人的舌头。地方人道：『不消说是奸情事了。只不知凶身是何

人，且报了县里再处。』于是写下报单。正值知县升堂，当堂递了。知县说：『这要挨查凶身不难，但看城内城外，有断舌的，必是下手之人。快行各乡各图，五家十家保甲，一挨查就见明白。』出令不多时，果然地方送出一个人来。

原来卜良被咬断舌头，情知中计，心慌意乱，一时狂走，不知一个东西南北，迷了去向。恐怕人追着，拣条僻巷躲去。住在人家门檐下，蹲了一夜。天亮了，认路归家。也是天理合该败，只在这条巷内东认西认，走来走去，急切里认不得大路，又不好开口问得人。街上人看见这个人踪迹可疑，已自瞧科了几分。须臾之间，喧传尼庵事体，县官告示，便有个把好事的人盘问他起来。口里含糊，满牙关多是血迹。地方人一时哄动，走上了一堆人，围住他道：『杀人的不是他是谁？』不由分辩，一索子捆住了，拉到县里来。县前有好些人认得他的，道：『这个人原是个不学好的人，眼见得做出事来。』

县官升堂，众人把卜良带到。县官问他，只是口里呜哩呜喇，一字也听不出。县官叫掌嘴数下，要他伸出舌头来看，已自没有尖头了，血迹尚新。县官问地方人道：『这狗才姓甚名谁？』众人有平日恨他的，把他姓名及平日所为奸盗诈伪事，是长是短，一一告诉出来。县官道：『不消说了，这狗才必是谋奸小尼。老尼开门时，先劈倒了。然后去强奸小尼，小尼恨他，咬断舌尖。这狗才一时怒起，就杀了小尼。有甚么得讲？』卜良听得，指手画脚，要辩时那里有半个字囫囵？县官大怒道：『如此奸人，累甚么纸笔？况且口不成语，凶器未获，难以成招。选大样板子，一顿打死罢！』喝教：『打一百！』那卜良是个游花插趣的人，那里熬得刑惯？打至五十以上，已自绝了气了。县官着落地方，责令尸亲领尸。尼姑尸首，叫地方盛贮烧埋。立宗文卷，上批云：

卜良，吾舌安在？知为破舌之缘；尼僧，好颈谁当？遂作刎颈之契。毙之足矣，情何疑焉？立案存照。

县官发落公事了讫，不在话下。

那贾秀才与巫娘子见街上人纷纷传说此事，夫妻两个暗暗称快。那前日被骗及今日下手之事，到底并无一个人晓得。此是贾秀才识见高强，也是观世音见他虔诚，显此灵通，指破机关。既得报了仇恨，亦且全了声名。那巫娘子见贾秀才干事决断，贾秀才见巫娘子立志坚贞，越相敬重。

后人评论此事，虽则报仇雪耻，不露风声，算得十分好了，只是巫娘子清白身躯，毕竟被污；外人虽然不知，自心到底难过。只为轻与尼姑往来，以致有此。有志女人，不可不以此为鉴。诗云：

好花零落损芳香，只为当春漏隙光。
一句良言须听取，妇人不可出闺房。

第七回

唐明皇好道集奇人　武惠妃崇禅斗异法

诗曰：

燕市人皆去，函关马不归。
若逢山下鬼，环上系罗衣。

这一首诗，乃是唐朝玄宗皇帝时节一个道人李遐周所题。那李遐周是一个有道术的，开元年间，玄宗召入禁中，后来出住玄都观内。天宝末年，安禄山豪横，远近忧之，玄宗不悟，宠信反深。一日，遐周隐遁而去，不知所往，但见所居壁上，题诗如此如此，时人莫晓其意。直至禄山反叛，玄宗幸蜀，六军变乱，贵妃缢死，乃有应验。后人方解云：『燕市人皆去』者，说禄山尽起燕蓟之众为兵也；『函关马不归』者，大将哥舒潼关大败，匹马不还也；『若逢山下鬼』者，『山下鬼』是『嵬』字，蜀中有『马嵬驿』也；『环上系罗衣』者，贵妃小字玉环，马嵬驿时，高力士以罗巾缢之也。道家能前知如此。盖因玄宗是孔升真人转世，所以一心好道。一时有道术的，如张果、叶法善、罗公远诸仙众异人皆来聚会，往来禁内，各显神通，不一而足。那李遐周区区算术小数，不在话下。

且说张果，是帝尧时一个侍中。得了胎息之道，可以累日不食，不知多少年岁。直到唐玄宗朝，隐于恒州中条山中。出入常乘一个白驴，日行数万里。到了所在，住了脚，便把这驴似纸一般折叠起来，其厚也只比张纸，放在巾箱里面。若要骑时，把水一噀，即便成驴。至今人说八仙有张果老骑驴，正谓此也。

开元二十三年，玄宗闻其名，差一个通事舍人，姓裴名晤，驰驿到恒州来迎。那裴晤到得中条山中，看见张果齿落发白，一个搊搜老叟，有些嫌他，未免气质傲慢。张果早已知道，与裴晤行礼方毕，忽然一交跌去，只有出的气，没有入的气，已自命绝了。裴晤看了忙道：『不争你死了，我这圣旨却如何回话？』又转想道：『闻道神仙专要试人，或者不是真死，也不见得。我有道理。』便焚起一炉香来，对着死尸跪了，致心念诵，把天子特差求道之意，宣扬一遍。只见张果渐渐醒转来。那裴晤被他这一惊，晓得有些古怪，不敢相逼，星夜驰驿，把上项事奏过天子。玄宗愈加奇异，道裴晤不了事，另命中书舍人徐峤赍了玺书，安车奉迎。那徐峤小心谨慎，张果便随峤到东都，于集贤院安置行李，乘轿入宫，见玄宗。玄宗见是个老者，便问道：『先生既已得道，何故齿发衰朽如此？』张果道：『衰朽之年，学道未得，故见此形相。可羞！可羞！今陛下见问，莫若把齿发尽去了还好。』说罢即就御前把须发一顿挦拔干净。又捏了拳头，把口里乱敲，将几个半残不完的零星牙齿，逐个敲落，满口血出。玄宗大惊道：『先生何故如此？且出去歇息一会。』张果出来了，玄宗想道：『这老儿古怪。』即时传命召来。只见张果摇摇摆摆走将来，面貌虽是先前的，却是一头纯黑头发，须髯如漆，雪白一口好牙齿，比少年的还好看些。玄宗大喜，留在内殿赐酒。饮过数杯，张果辞道：『老臣量浅，饮不过二升。有一弟子，可吃得一斗。』玄宗命召来。张果口中不知说些甚的，只见一个小道士在殿檐上飞下来，约有十五六年纪，且是生得标致。上前叩头，礼毕，走到张果面前打个稽首，言词清爽，礼貌周备。玄宗命坐。张果道：『不可，不可。弟子当侍立。』小道士遵师言，鞠躬旁站。玄宗愈看愈喜，便叫斟酒赐他，杯杯满，盏盏干，饮勺一斗，弟子并不推辞。张果便起身替他辞道：『不可更赐，他加不得了。若过了度，必

有失处，惹得龙颜一笑。』玄宗道：『便大醉何妨？恕卿无罪。』立起身来，手持一玉觥，满斟了，将到口边逼他。刚下口，只见酒从头顶涌出，把一个小道士冠儿涌得歪在头上，跌了下来。道士去拾时，脚步踉跄，连身子也跌倒了，玄宗及在旁嫔御，一齐笑将起来。仔细一看，不见了小道士，止有一个金榼在地，满盛着酒。细验这榼，却是集贤院中之物，一榼止盛一斗。玄宗大奇。

明日要出咸阳打猎，就请张果同去一看。合围既罢，前驱擒得大角鹿一只，将付庖厨烹宰。张果见了道：『不可杀！不可杀！此是仙鹿，已满千岁。昔时汉武帝元狩五年，在上林游猎，臣曾侍从，生获此鹿。后来不忍杀，舍放了。』玄宗笑道：『鹿甚多矣，焉知即此鹿？且时迁代变，前鹿岂能保猎人不擒过，留到今日？』张果道：『武帝舍鹿之时，将铜牌一片，扎在左角下为记，试看有此否？』玄宗命人验看，在左角下果得铜牌，有二寸长短，两行小字，已模糊黑暗，辨不出了。玄宗才信。就问道：『元狩五年，是何甲子？到今多少年代了？』张果道：『元狩五年，岁在癸亥。武帝始开昆明池，到今甲戌岁，八百五十二年矣。』玄宗命宣太史官查推长历，果然不差。于是晓得张果是千来岁的人，群臣无不钦服。

一日，秘书监王回质、太常少卿萧华两人同往集贤院拜访，张果迎着坐下，忽然笑对二人道：『人生娶妇，娶了个公主，好不怕人！』两人见他说得没头脑，两两相看，不解其意。正说之间，只见外边传呼：『有诏书到！』张果命人忙排香案等着。原来玄宗有个女儿，叫做玉真公主，从小好道，不曾下降于人。盖婚姻之事，民间谓之『嫁』，皇家谓之『降』；民间谓之『娶』，皇家谓之『尚』。玄宗见张果是个真仙出世，又见女儿好道，意思要把女儿下降张果，等张果尚了公主，结了仙姻仙眷，又好等女儿学他道术，可以双修成仙。计议已定，颁下诏书。中使赍了到集贤院张果处，开读已毕，张果只是哈哈大笑，不肯谢恩。中使看见王、萧二公在旁，因与他说天子要降公主的意思，叫他两个撺掇。二公方悟起初所说，便道：『仙翁早已得知，在此说过了的。』中使与二公大家相劝一番，张果只是笑不止。中使料道不成，只得去回复圣旨。

玄宗见张果不允亲事，心下不悦。便与高力士商量道：『我闻堇汁最毒，饮之立死。若非真仙，必是下不得口。好歹把这老头儿试一试。』时值天大雪，寒冷异常。玄宗召张果进宫，把堇汁下在酒里，叫宫人满斟暖酒，与仙翁敌寒。张果举觞便饮，立尽三卮，醺然有醉色。四顾左右，咂咂舌道：『此酒不是佳味！』打个呵欠，倒头睡下。玄宗只是瞧着不作声。过了一会，醒起来道：『古怪，古怪！』袖中取出小镜子一照，只见一口牙齿都焦黑了。看见御案上有铁如意，命左右取来，将

黑齿逐一击下，随收在衣带内了。取出药一包来，将少许擦在口中齿穴上，又倒头睡了。这一觉不比先前，且是睡得安稳，有一个多时辰才爬起来，满口牙齿多已生完，比先前更坚且白。玄宗越加敬异，赐号通玄先生，却是疑心他来历。

其时有个归夜光，善能视鬼。玄宗召他来，把张果一看，夜光并不见甚么动静。又有一个邢和璞，善算。有人问他，他把算子一动，便晓得这人姓名，穷通寿夭，万不失一。玄宗一向奇他，便教道：『把张果来算算。』和璞拿了算子，拨上拨下，拨个不耐烦，竭尽心力，耳根通红，不要说算他别的，只是个寿数也算他不出。其时又有一个道士叫法善，也多奇术。玄宗便把张果来私问他。法善道：『张果出处，只有臣晓得，却说不得。』玄宗道：『何故？』法善道：『臣说了必死，故不敢说。』玄宗定要他说。法善道：『除非陛下免冠跣足救臣，臣方得活。』玄宗许诺。法善才说道：『此是混沌初分时一个白蝙蝠精。』刚说得罢，七窍流血，未知性命如何，已见四肢不举。玄宗急到张果面前，免冠跣足，自称有罪。张果看见皇帝如此，也不放在心上，慢慢的说道：『此儿多口过，不谪治他，怕败坏了天地间事。』玄宗哀请道：『此朕之意，非法善之罪，望仙翁饶恕则个。』张果方才回心转意，叫取水来，把法善一噀，法善即时复活。

而今且说这叶法善，表字道元，先居处州松阳县，四代修道。法善弱冠时，曾游括苍、白马山，石室内遇三神人，锦衣宝冠，授以太上密旨。自是诛荡精怪，扫馘凶妖，所在救人。入京师时，武三思擅权，法善时常察听妖祥，保护中宗、相王及玄宗，大为三思所忌，流窜南海。玄宗即位，法善在海上乘白鹿，一夜到京。在玄宗朝，凡有吉凶动静，法善必预先奏闻。一日吐番遣使进宝，函封甚固。奏称：『内有机密，请陛下自开，勿使他人知之。』廷臣不知来息真伪，是何缘故，面面相觑，不敢开言。惟有法善密奏道：『此是凶函，宣令番使自开。』玄宗依奏降旨。番使领旨，不知好歹，扯起函盖，函中弩发，番使中箭而死。乃是番家见识，要害中华天子，设此暗机于函中，连番使也不知道，却被法善参透，不中暗算，反叫番使自着了道儿。

开元初，正月元宵之夜，玄宗在上阳宫观灯。尚方匠人毛顺心，巧用心机，施逞技艺，结构彩楼三十余间，楼高一百五十尺，多是金翠珠玉镶嵌。楼下坐着，望去楼上，满楼都是些龙凤螭豹百般鸟兽之灯。一点了火，那龙凤螭豹百般鸟兽，盘旋的盘旋，跳脚的跳脚，飞舞的飞舞，千巧万怪，似是神工，不像人力。玄宗看毕大悦，传旨：『速召叶尊师来同赏。』去了一会，才召得个叶法善楼下朝见。玄宗称夸道：『好灯！』法善道：『灯盛无比。依臣看将起来，西凉府今夜之灯也差不多如此。』玄宗道：『尊师几时曾见过来？』法善道：『适才在彼，因蒙急召，所以来了。』玄宗怪他说得诧异，故意问道：『朕如今即要往彼看灯，去得否？』法善道：『不难。』就叫玄宗闭了双目，叮嘱道：『不可妄开。开时有失。』玄宗依从。法善喝声道：『疾！』玄宗足下，云冉冉而起，已同法善在霄汉之中。须臾之间，足已及地。法善道：『而今可以开眼看了。』玄宗闪开龙目，只见灯影连亘数十里，车马骈阗，士女纷杂，果然与京师无异。玄宗拍掌称盛，猛想道：『如此良宵，恨无酒吃。』法善道：『陛下随身带有何物？』玄宗道：『止有镂铁如意在手。』法善便持往酒家，当了一壶酒、几个碟来，与玄宗对吃完了，还了酒家家火。玄宗道：『回去罢。』法善复令闭目，腾空而起。少顷，已在楼下御前。去时歌曲尚未终篇，已行千里有余。玄宗疑是道家幻术障眼法儿，未必真到得西凉。猛可思量道：『却才把如意当酒，这是实

事可验。』明日差个中使，托名他事，到凉州密访镂铁如意，果然在酒家，说道：『正月十五夜，有个道人，拿了当酒吃了。』始信看灯是真。

是年八月中秋之夜，月色如银，万里一碧。玄宗在宫中赏月，笙歌进酒。凭着白玉栏杆，仰面看着，浩然长想。有词为证：

桂花浮玉，正月满天街，夜凉如洗。风泛须眉透骨寒，人在水晶宫里。蛇龙偃蹇，观阙嵯峨，缥缈笙歌沸。霜华遍地，欲跨彩云飞起。（词寄《酹江月》）

玄宗不觉襟怀旷荡，便道：『此月普照万方，如此光灿，其中必有非常好处。见说嫦娥窃药，奔在月宫。既有宫殿，定可游观。只是如何得上去？』急传旨宣召叶尊师。法善应召而至。玄宗问道：『尊师道术，可使朕到月宫一游否？』法善道：『这有何难？就请御驾启行。』说罢，将手中板笏一掷，现出一条雪链也似的银桥来，那头直接着月内。法善就扶着玄宗，踱上桥去，且是平稳好走，随走过处，桥便随灭。走得不上一里多路，到了一个所在，露下沾衣，寒气逼人，面前有座玲珑四柱牌楼。抬头看时，上面有个大匾额，乃是六个大金字，玄宗认着是『广寒清虚之府』六字。便同法善从大门走进来，看时，庭前是一株大桂树，扶疏遮荫，不知覆着多少里数。桂树之下，有无数白衣仙女，乘着白鸾，在那里舞。这边庭阶上，又有一伙仙女，也如此打扮，各执乐器一件，在那里奏乐，与舞的仙女相应。看见玄宗与法善走进来，也不惊异，也不招接，吹的自吹，舞的自舞。玄宗呆呆看着，法善指道：『这些仙女，名为「素娥」，身上所穿白衣，叫做「霓裳羽衣」，所奏之曲，名曰《紫云曲》。』玄宗素晓音律，将两手按节，把乐声一一记了。后来到宫中，传与杨太真，就名《霓裳羽衣曲》，流于乐府，为唐家希有之音，这是后话。

玄宗听罢仙曲，怕冷欲还。法善驾起两片彩云，稳如平地，不劳举步，已到人间。路过潞州城上，细听谯楼更鼓，已打三点。那月色一发明朗如昼，照得潞州城中纤毫皆见。但只夜深人静，四顾悄然。法善道：『臣侍陛下夜临于此，此间人如何知道？适来陛下习听仙乐，何不于此试演一曲？』玄宗道：『甚妙，甚妙。只方才不带得所用玉笛来。』法善道：『玉笛何在？』玄宗道：『在寝殿中。』法善道：『这个不难。』将手指了一指，玉笛自云中坠下。玄宗大喜，接过手来，想着月中拍数，照依吹了一曲；又在袖中摸出数个金钱，洒将下去了，乘月回宫。至今传说唐明皇游月宫，正此故事。那潞州城中有睡不着的，听得笛声嘹亮，似觉非凡。有爬起来听的，却在半空中吹响，没做理会。次日，又有街上拾得金钱的，报知府里。府里官员道是非常祥瑞，上表奏闻。十来日，表到御前。玄宗看表道：『八月望夜，有天乐临城，兼获金钱，此乃国家瑞兆，万千之喜。』玄宗心下明白，不觉大笑。自此敬重法善，与张果一般，时常留他两人在宫中，或下棋，或斗小法，赌胜负为戏。

一日，二人在宫中下棋。玄宗接得鄂州刺史表文一道，奏称：『本州有仙童罗公远，广有道术。』盖因刺史迎春之日，有个白衣人身长丈余，形容怪异，杂在人丛之中观看，见者多骇走。旁有小童喝他道：『业畜！何乃擅离本处，惊动官司？还不速去！』其人并不敢则声，提起一把衣服，如飞走了。府吏看见小童作怪，一把擒住。来到公燕之所，具白刺史。刺史问他姓名，小童答道：『姓罗，名公远。适见守江龙上岸看春，某喝令回去。』刺史不信道：『怎见得是龙？须得吾见真形方可信。』小童道：『请待后日。』至期，于水边作一小坑，深才一尺，去江岸丈余，引江水入来。刺史与郡人毕集，见有一白鱼，长

初刻拍案惊奇

五六寸，随流至坑中，跳跃两遍，渐渐大了。有一道青烟如线，在坑中起，一霎时，黑云满空，天色昏暗。小童道：『快都请上了津亭。』正走间，电光闪烁，大雨如泻。须臾少定，见一大白龙起于江心，头与云连，有顿饭时方灭。刺史看得真实，随即具表奏闻，就叫罗公远随表来朝见帝。

玄宗把此段话与张、叶二人说了，就叫公远与二人相见。二人见了大笑道：『村童晓得些甚么？』二人各取棋子一把，捏着拳头，问道：『此有何物？』公远笑道：『都是空手。』及开拳，两人果无一物，棋子多在公远手中。两人方晓得这童儿有些来历。玄宗就叫他坐在法善之下。天气寒冷，团团围炉而坐。此时剑南出一种果子，叫作『日熟子』，一日一熟，到京都是不鲜的了。张、叶两人每日用仙法，遣使取来，过午必至，所以玄宗常有新鲜的到口。是日至夜不来，二人心下疑惑，商量道：『莫非罗君有缘故？』尽注目看公远。元来公远起初一到炉边，便把火箸插在灰中。见他们疑心了，才笑嘻嘻的把火箸提了起来。不多时使者即到，法善诘问：『为何今日偏迟？』使者道：『方欲到京，火焰连天，无路可过。适才火息了，然后来得。』众人多惊伏公远之法。

却说当时杨妃未入宫之时，有个武惠妃专宠。玄宗虽崇奉道流，那惠妃却笃及信佛教，各有所好。惠妃信的释子，叫做金刚三藏，也是个奇人，道术与叶、罗诸人算得敌手。玄宗驾幸功德院，忽然背痒。罗公远折取竹枝，化作七宝如意，进上爬背。玄宗大悦，转身对三藏道：『上人也能如此否？』三藏道：『公远的幻化之术，臣为陛下取真物。』袖中摸出一个六宝如意来献上。玄宗一手去接得来，手中先所执公远的如意，登时仍化作竹枝。玄宗回宫与武惠妃说了，惠妃大喜。

玄宗要幸东洛，就对惠妃说道：『朕与卿同行，却叫叶、罗二尊师、金刚三藏从去，试他斗法，以决两家胜负，何如？』武惠妃喜道：『臣妾愿随往观。』传旨排鸾驾。不则一日，到了东洛。时方修麟趾殿，有大方梁一根，长四五丈，径头六七尺，眠在庭中。玄宗对法善道：『尊师试为朕举起来。』法善受诏作法，方木一头揭起数尺，一头不起。玄宗道：『尊师神力，何乃只举得一头？』法善奏道：『三藏使金刚神众押住一头，故举不起。』原来法善故意如此说，要武妃面上好看，等三藏自逞其能，然后胜他。果然武妃见说，暗道佛法广大，不胜之喜。三藏也只道实话，自觉有些快活。惟罗公远低着头，只是笑。玄宗有些不服气，又对三藏道：『法师既有神力，叶尊师不能及。今有个澡瓶在此，法师能咒得叶尊师入此瓶否？』三藏受诏置瓶，叫叶法善依禅门法，敷坐起来，念动咒语，未及念完，法善身体欻欻就瓶。念得两遍，法善已在瓶嘴边，翕然而入。玄宗心下好生不悦。过了一会，不见法善出来，又对三藏道：『法师既使其入瓶，能使他出否？』三藏道：『进去烦难，出来是本等法。』就念起咒来，咒完不出，三藏急了，不住口一气数遍，并无动静。玄宗惊道：『莫不尊师没了？』变起脸来。武妃大惊失色，三藏也慌了，只有罗公远扯开口一味笑。玄宗问他道：『而今怎么处？』公远笑道：『不消陛下费心，法善不远。』三藏又念咒一会，不见出来。正无计较，外边高力士报道：『叶尊师进。』玄宗大惊道：『铜瓶在此，却在那里来？』急召进问之。法善对道：『宁王邀臣吃饭，正在作法之际，面奏陛下，必不肯放，恰好借入瓶机会，到宁王家吃了饭来。若不因法师一咒，须去不得。』玄宗大笑。武妃、三藏方放下心了。

法善道：『法师已咒过了，而今该贫道还礼。』随取三藏紫铜

钵盂，在围炉里面烧得内外都红。法善捏在手里，弄来弄去，如同无物。忽然双手捧起来，照着三藏光头扑地合上去，三藏失声而走。玄宗大笑。公远道：『陛下以为乐，不知此乃道家末技，叶师何必施逞！』玄宗道：『尊师何不也作一法，使朕一快？』公远道：『请问三藏法师，要如何作法术？』三藏道：『贫僧请收固袈裟，试令罗公取之。不得，是罗公输；取得，是贫僧输。』玄宗大喜，一齐同到道场院，看他们做作。

三藏结立法坛一所，焚起香来。取袈裟贮在银盒内，又安数重木函，木函加了封锁，置于坛上。三藏自在坛上打坐起来。玄宗、武妃、叶师多看见坛中有一重菩萨，外有一重金甲神人，又外有一重金刚围着。圣贤比肩，环绕甚严，三藏观守，目不暂舍。公远坐绳床上，言笑如常，不见他作甚行径。众人都注目看公远，公远竟不在心上。有好多一会，玄宗道：『何太迟迟？莫非难取？』公远道：『臣不敢自夸其能，也未知取得取不得，只叫三藏开来看看便是。』玄宗闻言，便叫三藏开函取袈裟。三藏看见重重封锁，一毫未动，心下喜欢，及开到银盒，叫一声：『苦！』已不知袈裟所向，只是个空盒。三藏吓得面如土色，半晌无言。玄宗拍手大笑，公远奏道：『请令人在臣院内，开柜取来。』中使领旨去取，须臾，袈裟取到了。玄宗看了，问公远道：『朕见菩萨尊神，如此森严，却用何法取出？』公远道：『菩萨力士，圣之中者；甲兵诸神，道之小者。至于太上至真之妙，非术士所知。适来使玉清神女取之，虽有菩萨金刚，连形也不得见他的，取若坦途，有何所碍？』玄宗大悦，赏赐公远无数。叶公、三藏皆伏公远神通。

玄宗欲从他学隐形之术，公远不肯，道：『陛下乃真人降化，保国安民，万乘之尊，学此小术何用？』玄宗怒骂之，公远即走入殿柱中，极口数玄宗过失。玄宗愈加怒发，叫破柱取他。柱既破，又见他走入玉磶中。就把玉磶破为数十片，片片有公远之形，却没奈他何。玄宗谢了罪，忽然又立在面前。玄宗恳求至切，公远只得许之。虽则传授，不肯尽情。玄宗与公远同做隐形法时，果然无一人知觉。若是公远不在，玄宗自试，就要露出些形来，或是衣带，或是幞头脚，宫中人定寻得出。玄宗晓得他传授不尽，多将金帛赏赍，要他喜欢。有时把威力吓他道：『不尽传，立刻诛死。』公远只不作准。玄宗怒极，喝令：『绑出斩首！』刀斧手得旨，推出市曹斩讫。

隔得十来月，有个内官叫做辅仙玉，奉差自蜀道回京。路上撞遇公远骑驴而来，笑对内官道：『官家作戏，忒没道理！』袖中出书一封道：『可以此上闻！』又出药一包寄上，说道：『官家问时，但道是「蜀当归」。』语罢，忽然不见。仙玉还京奏闻，玄宗取书览看，上面写是『姓维名厶乙』，一时不解。仙玉退出，公远已至。玄宗方悟道：『先生为何改了名姓？』公远道：『陛下曾去了臣头，所以改了。』玄宗稽首谢罪，公远道：『作戏何妨？』走出朝门，自此不知去向。直到天宝末禄山之难，玄宗幸蜀，又于剑门奉迎銮驾，护送至成都，拂衣而去。后来肃宗即位灵武，玄宗自疑不能归长安。肃宗以太上皇奉迎，然后自蜀还京。方悟『蜀当归』之寄，其应在此。与李遐周之诗，总是道家前知妙处。有诗为证：

好道秦王与汉王，岂知治道在经常？
纵然法术无穷幻，不救杨家一命亡。

第八回

乌将军一饭必酬 陈大郎三人重会

诗曰：

每讶衣冠多盗贼，谁知盗贼有英豪？
试观当日及时雨，千古流传义气高。

话说世人最怕的是个『强盗』二字，做个骂人恶语。不知这也只见得一边。若论起来，天下那一处没有强盗？假如有一等做官的，误国欺君，侵剥百姓，虽然官高禄厚，难道不是大盗？有一等做公子的，倚靠着父兄势力，张牙舞爪，诈害乡民，受投献，窝赃私，无所不为，百姓不敢声冤，官司不敢盘问，难道不是大盗？有一等做举人秀才的，呼朋引类，把持官府，起灭词讼，每有将良善人家拆得烟飞星散的，难道不是大盗？只论衣冠中，尚且如此，何况做经纪客商、做公门人役？三百六十行中人尽有狼心狗行，狠似强盗之人在内，自不必说。所以当时李涉博士遇着强盗，有诗云：

暮雨潇潇江上村，绿林豪客夜知闻。
相逢何用藏名姓？世上于今半是君。

这都是叹笑世人的话。世上如此之人，就是至亲切友，尚且反面无情，何况一饭之恩，一面之识？倒不如《水浒传》上说的人，每每自称好汉英雄，偏要在绿林中挣气，做出世人难到的事出来。盖为这绿林中也有一贫无奈，借此栖身的。也有为义气上杀了人，借此躲难的。也有朝廷不用，沦落江湖，因而结聚的。虽然只是歹人多，其间仗义疏财的，倒也尽有。当年赵礼让肥，反得粟米之赠，张齐贤遇盗，更多金帛之遗，都是古人实事。

且说近来苏州有个王生，是个百姓人家。父亲王三郎，商贾营生，母亲李氏。又有个婶母杨氏，却是孤孀无子的，几口儿一同居住。王生自幼聪明乖觉，婶母甚是爱惜他。不想年纪七八岁时，父母两口相继而亡。多亏得这杨氏殡葬完备，就把王生养为己子，渐渐长成起来，转眼间又是十八岁了。商贾事体，是件伶俐。

一日，杨氏对他说道：『你如今年纪长大，岂可坐吃箱空？我身边有的家资，并你父亲剩下的，尽勾营运。待我凑成千来两，你到江湖上做些买卖，也是正经。』王生欣然道：『这个正是我们本等。』杨氏就收拾起千金东西，支付与他。王生与一班为商的计议定了，说南京好做生意，先将几百两银子，置了些苏州货物。拣了日子，雇下一只长路的航船，行李包裹多收拾停当，别了杨氏起身，到船烧了神福利市，就便开船。一路无话。不则一日，早到京口，趁着东风过江。到了黄天荡内，忽然起一阵怪风，满江白浪掀天，不知把船打到一个甚么去处。天已昏黑了，船上人抬头一望，只见四下里多是芦苇，前后并无第二只客船。王生和那同船一班的人正在慌张，忽然芦苇里一声锣响，划出三四只小船来。每船上各有七八个人，一拥的跳过船来。王生等喘做一块，叩头讨饶。那伙人也不来和你说话，也不来害你性命，只把船中所有金银货物，尽数卷掳过船，叫声『聒噪』，双桨齐发，飞也似划将去了。满船人惊得魂飞魄散，目睁口呆。王生不觉的大哭起来道：『我直如此命薄！』就与同行的商量道：『如今盘缠行李俱无，到南京何干？不如各自回家，再作计较。』唧唧哝哝了一会，天色渐渐明了。那时已自风平浪静，拨转船头望镇江进发。到了镇江，王生上岸，往一个亲眷人家借得几钱银子做盘费，到了家中。

杨氏见他不久就回，又且衣衫零乱，面貌忧愁，已自猜个八九

分。只见他走到面前，唱得个诺，便哭倒在地。杨氏问他仔细，他把上项事说了一遍。杨氏安慰他道：『儿呀，这也是你的命。又不是你不老成花费了，何须如此烦恼？且安心在家两日，再凑些本钱出去，务要趁出前番的来便是。』王生道：『已后只在近处做些买卖罢，不担这样干系远处去了。』杨氏道：『男子汉千里经商，怎说这话！』住在家一月有余，又与人商量道：『扬州布好卖。松江置买了布，到扬州，就带些银子，籴了米豆回来，甚是有利。』杨氏又凑了几百两银子与他，到松江买了百来筒布，独自买了一只满风梢的船，身边又带了几百两籴米豆的银子，合了一个伙计，择日起行。

到了常州，只见前边来的船，只只气叹口渴道：『挤坏了！挤坏了！』忙问缘故，说道：『无数粮船，阻塞住丹阳路。自青羊铺直到灵口，水泄不通。买卖船莫想得进。』王生道：『怎么好！』船家道：『难道我们上前去看他挤不成？打从孟河走他娘罢。』王生道：『孟河路怕恍惚。』船家道：『拼得只是日里行，何碍？不然，守得路通，知在何日？』因遂依了船家，走孟河路。果然是天青日白时节，出了孟河。方欢喜道：『好了，好了。若在内河里，几时能挣得出来？』正在快活间，只见船后头水响，一只三橹八桨船，飞也似赶来。看看至近，一挠钩搭住，十来个强人手执快刀、铁尺、金刚圈，跳将过来。元来孟河过东去，就是大海，日里也有强盗的，惟有空船走得。今见是买卖船，又悔气恰好撞着了，怎肯饶过？尽情搬了去。怪船家手里还捏着橹，一铁尺打去，船家抛橹不及。王生慌忙之中把眼瞅去，认得就是前日黄天荡里一班人。王生口里喊道：『大王！前日受过你一番了，今日如何又在此相遇？我前世直如此少你的！』那强人内中一个长大的说道：『果然如此，还他些做盘缠。』就把一个小小包裹撩将过来，掉开了船，一道烟反望前边江里去了。王生只叫得苦，拾起包裹，打开看时，还有十来两零碎银子在内。噙着眼泪冷笑道：『且喜这番不要借盘缠，侥幸！侥幸！』就对船家说道：『谁叫你走此路，弄得我如此？回去了罢。』船家道：『世情变了，白日打劫，谁人晓得？』只得转回旧路，到了家中。杨氏见来得快，又一心惊。王生泪汪汪地走到面前，哭诉其故。难得杨氏是个大贤之人，又眼里识人，自道侄儿必有发迹之日，并无半点埋怨，只是安慰他，教他守命，再做道理。

过得几时，杨氏又凑起银子，催他出去，道：『两番遇盗，多是命里所招。命该失财，便是坐在家里，也有上门打劫的。不可因此两番，堕了家传行业。』王生只是害怕。杨氏道：『侄儿疑心，寻一个起课的问个吉凶，讨个前路便是。』果然寻了一个先生到家，接连占卜了几处做生意，都是下卦，惟有南京是个上上卦。又道：『不消到得南京，但往南京一路上去，自然财爻旺相。』杨氏道：『我的儿，「大胆天下去得，小心寸步难行。」苏州到南京不上六七站路，许多客人往往来来，当初你父亲、你叔叔都是走熟的路，你也是悔气，偶然撞这两遭盗。难道他们专守着你一个，遭遭打劫不成？占卜既好，只索放心前去。』王生依言，仍旧打点动身。也是他前数注定，合当如此。正是：

箧底东西命里财，皆由鬼使共神差。
强徒不是无因至，巧弄他们送福来。

王生行了两日，又到扬子江中。此日一帆顺风，真个两岸万山如走马，直抵龙江关口。然后天晚，上岸不及了，打点湾船。他每是惊弹的鸟，傍着一只巡哨号船边拴好了船，自道万分无事，安心歇宿。到得三更，只听一声锣响，火把齐明，睡梦里惊醒。急睁眼时，又是一伙强人，跳将过来，照前搬个罄尽。看自己船时，不在原泊处所，已移在大

江阔处来了。火中仔细看他们抢掳，认得就是前两番之人。王生硬着胆，扯住前日还他包裹这个长大的强盗，跪下道：『大王！小人只求一死！』大王道：『我等誓不伤人性命，你去罢了，如何反来歪缠？』王生哭道：『大王不知，小人幼无父母，全亏得婶娘重托，出来为商。刚出来得三次，恰是前世欠下大王的，三次都撞着大王夺了去，叫我何面目见婶娘？也那里得许多银子还他？就是大王不杀我时，也要跳在江中死了，决难回去再见恩婶之面了。』说得伤心，大哭不住。那大王是个有义气的，觉得可怜，他便道：『我也不杀你，银子也还你不成，我有道理。我昨晚劫得一只客船，不想都是打捆的苎麻，且是不少，我要他没用，我取了你银子，把这些与你做本钱去，也勾相当了。』王生出于望外，称谢不尽。那伙人便把苎麻乱抛过船来，王生与船家慌忙并叠，不及细看，约莫有二三百捆之数。强盗抛完了苎麻，已自胡哨一声，转船去了。船家认着江中小港门，依旧把船移进宿了。候天大明，王生道：『这也是有人心的强盗，料道这些苎麻也有差不多千金了。他也是劫了去不好发脱，故此与我。我如今就是这样发行去卖，有人认出，反为不美。不如且载回家，打过了捆，改了样式，再去别处货卖么！』仍旧把船开江，下水船快，不多时，到了京口闸，一路到家。

见过婶婶，又把上项事一一说了。杨氏道：『虽没了银子，换了诸多苎麻来，也不为大亏。』便打开一捆来看，只见一层一层，解到里边，捆心中一块硬的，缠束甚紧。细细解开，乃是几层绵纸，包着成锭的白金。随开第二捆，捆捆皆同。一船苎麻，共有五千两有余。乃是久惯大客商，江行防盗，假意货苎麻，暗藏在捆内，瞒人眼目的。谁知被强盗不问好歹劫来，今日却富了王生。那时杨氏与王生叫声：『惭愧！』虽然受两三番惊恐，却平白地得此横财，比本钱加倍了，不胜之喜。自此以后，出去营运，遭遭顺利。不上数年，遂成大富之家。这个虽是王生之福，却是难得这大王一点慈心。可见强盗中未尝没有好人。

如今再说一个，也是苏州人，只因无心之中，结得一个好汉，后来以此起家，又得夫妻重会。有诗为证：

说时侠气凌霄汉，听罢奇文冠古今。
若得世人皆仗义，贪泉自可表清心。

却说景泰年间，苏州府吴江县有个商民，复姓欧阳，妈妈是本府崇明县曾氏，生下一女一儿。儿年十六岁，未婚。那女儿二十岁了，虽是小户人家，倒也生得有些姿色，就赘本村陈大郎为婿。家道不富不贫，在门前开小小的一爿杂货店铺，往来交易，陈大郎和小舅两人管理。他们翁婿、夫妻、郎舅之间，你敬我爱，做生意过日。忽遇寒冬天道，陈大郎往苏州置些货物，在街上行走，只见纷纷洋洋，下着国家祥瑞。古人有诗说得好，道是：

尽道丰年瑞，丰年瑞若何？
长安有贫者，宜瑞不宜多！

那陈大郎冒雪而行，正要寻一个酒店暖寒，忽见远远地一个人走将来，你道是怎生模样？但见：

身上紧穿着一领青服，腰间暗悬着一把钢刀。形状带些威雄，面孔更无细肉。两颊无非『不亦悦』，遍身都是『德辅如』。

那个人生得身长七尺，膀阔三停。大大一个面庞，大半被长须遮了。可煞作怪，没有须的所在，又多有毛，长寸许，剩却眼睛外，把一个嘴脸遮得缝地也无了。正合着古人笑话：『髭髯不仁，侵扰乎其旁而不已，于是面之所余无几。』陈大郎见了，吃了一惊，心中想道：『这人好生古怪！只不知吃饭时如何处置这些胡须，露得个口出来？』又想

道：『我有道理，拼得费钱把银子，请他到酒店中一坐，便看出他的行动来了。』他也只是见他异样，要作个耍，连忙躬身向前唱诺，那人还礼不迭。陈大郎道：『小可欲邀老丈酒楼小叙一杯。』那人是个远来的，况兼落雪天气，又饥又寒，听见说了，喜逐颜开，连忙道：『素昧平生，何劳厚意！』陈大郎捣个鬼道：『小可见老丈骨格非凡，心是豪杰，敢扳一话。』那人道：『却是不当。』口里如此说，却不推辞。两人一同上酒楼来。

陈大郎便问酒保打了几角酒，回了一腿羊肉，又摆上些鸡鱼肉菜之类。陈大郎正要看他动口，就举杯来相劝。只见那人接了酒盏放在桌上，向衣袖取出一对小小的银扎钩来，挂在两耳，将须毛分开扎起，拔刀切肉，恣其饮啖。又嫌杯小，问酒保讨个大碗，连吃了几壶，然后讨饭。饭到，又吃了十来碗。陈大郎看得呆了。那人起身拱手道：『多谢兄长厚情，愿闻姓名乡贯。』陈大郎道：『在下姓陈名某，本府吴江县人。』那人一一记了。陈大郎也求他姓名，他不肯还个明白，只说：『我姓乌，浙江人。他日兄长有事到敝省，或者可以相会。承兄盛德，必当奉报，不敢有忘。』陈大郎连称不敢。当下算还酒钱，那人千恩万谢，出门作别自去了。陈大郎也只道是偶然的说话，那里认真？归来对家中人说了，也有信他的，也有疑他说谎的，俱各笑了一场。不在话下。

又过了两年有余。陈大郎只为做亲了数年，并不曾生得男女，夫妻两个发心，要往南海普陀落伽山观音大士处烧香求子，尚在商量未决。忽一日，欧公有事出去了，只见外边有一个人走进来叫道：『老欧在家么？』陈大郎慌忙出来答应，却是崇明县的褚敬桥。施礼罢，便问：『令岳在家否？』陈大郎道：『少出。』褚敬桥道：『令亲外太妈陆氏身体违和，特地叫我寄信，请你令岳母相伴几时。』大郎闻言，便进来说与曾氏知道。曾氏道：『我去便要去，只是你岳父不在，眼下不得脱身。』便叫过女儿、儿子分付道：『外婆有病。你每姊弟两人，可到崇明去伏侍几日。待你父亲归家，我就来换你们便了。』当下商议已定，便留褚敬桥吃了午饭，央他先去回复。又过了两日，姊弟二人收拾停当，叫下一只艖船起行。那曾氏又分付道：『与我上复外婆，须要宽心调理。可说我也就要来的。虽则不多日路，你两人年小，各要小心。』二人领诺，自望崇明去了。只因此一去，有分教：

绿林此日逢娇冶，红粉从今踏险危。

却说陈大郎自从妻、舅去后十日有余，欧公已自归来，只见崇明又央人寄信来，说道：『前日褚敬桥回复道，叫外甥们就来，如何至今不见？』那欧公夫妻和陈大郎，都吃了一大惊。便道：『去已十日了，怎说不见？』寄信的道：『何曾见半个影来？你令岳母到也好了，只是令爱、令郎是甚缘故？』陈大郎忙去寻那载去的船家问他，船家道：『到了海滩边，船进去不得，你家小官人与小娘子说道：「上岸去，路不多远，我们认得的，你自去罢。』此时天色将晚，两个急急走了去，我自摇船回了，如何不见？』那欧公急得无计可施，便对妈妈道：『我在此看家，你可同女婿探望丈母，就访访消息归来。』他每两个心中慌忙无措，听得说了，便一刻也迟不得，急忙备了行李，雇了船只，第二日早早到了崇明，相见了陆氏妈妈，问起缘由，方知病体已渐痊可，只是外甥儿女毫不知些踪迹。那曾氏便是『心肝肉』的放声大哭起来。陆氏及邻舍妇女们惊来问信的，也不知陪了多少眼泪。

陈大郎是个性急的人，敲台拍凳的怒道：『我晓得，都是那褚敬桥寄甚么鸟信！是他趁伙打劫，用计拐去了。』便不管三七二十一，忿气走到褚家。那褚敬桥还不知甚么缘由，劈面撞着，正要问个来历，被他劈胸揪住，喊道：『还我人来！还我人来！』就要扯他到官。此时已闹动街坊人，齐拥来看。那褚敬桥面如土色，嚷道：『有何得罪，也须说个明白！』大郎道：『你还要白赖！我好好的在家里，你寄甚么信，把我妻子、舅子拐在那里去了？』褚敬桥拍着胸膛道：『真是冤天屈地，要好成歉。吾好意为你寄信，你妻子自不曾到，今日这话，却不是祸从天上来！』大郎道：『我妻、舅已自来十日了，怎不见到？』褚敬桥道：『可又来！我到你家寄信时，今日算来十二日了。次日傍晚到得这里以后，并不曾出门。此时你妻、舅还在家未动身，我在何时拐骗？如今四邻八舍都是证见，若是我十日内曾出门到那里，这便都算是我的缘故。』众人都道：『那有这事！这不撞着拐子，就撞着强盗了。不可冤屈了平人！』

陈大郎情知不关他事，只得放了手，忍气吞声跑回曾家。就在崇明县进了状词，又到苏州府进了状词，批发本县捕衙缉访。又各处粉墙上贴了招子，许出赏银二十两。又寻着原载去的船家，也拉他到巡捕处，讨了个保，押出挨查。仍旧到崇明与曾氏共住二十余日，并无消息。不觉的残冬将尽，新岁又来，两人只得回到家中。欧公已知上项事了，三人哭做一堆，自不必说。别人家多欢欢喜喜过年，独有他家烦烦恼恼。

一个正月，又匆匆的过了，不觉又是二月初头，依先没有一些影响。陈大郎猛然想着道：『去年要到普陀进香，只为要求儿女，如今不想连儿女的母亲都不见了，我直如此命蹇！今月十九日是观音菩萨生日，何不到彼进香还愿？一来祈求的观音报应；二来看些浙江景致，消遣闷怀，就便做些买卖。』算计已定，对丈人说过，托店铺与他

管了。收拾行李，取路望杭州来。过了杭州钱塘江，下了海船，到普陀上岸。三步一拜，拜到大士殿前。焚香顶礼已过，就将分离之事通诚了一番，重复叩头道：『弟子虔诚拜祷，伏望菩萨大慈大悲，救苦救难，广大灵感，使夫妻冉得相见！』拜罢下船，就泊在岩边宿歇。睡梦中见观音菩萨口授四句诗道：

合浦珠还自有时，惊危目下且安之。
姑苏一饭酬须重，人海茫茫信可期。

陈大郎飒然惊觉，一字不忘。他虽不甚精通文理，这几句却也解得。叹口气道：『菩萨果然灵感！依他说话，相逢似有可望。但只看如此光景，那得能勾？』心下怏快，那一饭的事，早已不记得了。

清早起来，开船归家。行不得数里，海面忽地起一阵飓风，吹得天昏地暗，连东西南北都不见了。舟人牢把船舵，任风飘去。须臾之间，飘到一个岛边，早已风恬日朗。那岛上有小喽罗数百，正在那里

使枪弄棒，比箭抡拳，一见有海船飘到，正是老鼠在猫口边过，如何不吃？便一伙的都抢下船来，将一船人身边银两行李尽数搜出。那多是烧香客人，所有不多，不满众意，提起刀来吓他要杀。陈大郎情急了，大叫：『好汉饶命！』那些喽罗听是东路声音，便问道：『你是那里人？』陈大郎战兢兢道：『小人是苏州人。』喽罗们便说道：『既如此，且绑到大王面前发落，不可便杀。』因此连众人都饶了，齐齐绑到聚义厅来。陈大郎此时也不知是何主意，总之，这条性命，一大半是阎家的了。闭着泪眼，口里只念『救苦救难观世音菩萨！』只见那厅上一个大王，慢慢地踱下厅来，将大郎细看了一看，大惊道：『元来是吾故人到此，快放了绑！』陈大郎听得此话，才敢偷眼看那大王时节，正是那两年前遇着多须多毛、酒楼上请他吃饭这个人。喽罗连忙解脱绳索，大王便扯一把交椅过来，推他坐了，纳头便拜道：『小孩儿每不知进退，误犯仁兄，望乞恕罪！』陈大郎还礼不迭，说道：『小人触冒山寨，理合就戮，敢有他言！』大王道：『仁兄怎如此说？小可感仁兄雪中一饭之恩，于心不忘。屡次要来探访仁兄，只因山寨中多事不便。日前曾分付孩儿们，凡遇苏州客商，不可轻杀，今日得遇仁兄，天假之缘也。』陈大郎道：『既蒙壮士不弃小人时，乞将同行众人包裹行李见还，早回家乡，誓当衔环结草。』大王道：『未曾尽得薄情，仁兄如何就去？况且有一事要与仁兄慢讲。』回头分付小喽罗：『宽了众人的绑，还了行李货物，先放还乡。』众人欢天喜地，分明是鬼门关上放将转来，把头似捣蒜的一般，拜谢了大王，又谢了陈大郎，只恨爹娘少生了两只脚，如飞的开船去了。

大王便叫摆酒与陈大郎压惊。须臾齐备，摆上厅来。那酒肴内，山珍海味也有，人肝人脑也有。大王定席之后，饮了数杯，陈大郎开口问道：『前日仓卒有慢，不曾备细请教壮士大名，伏乞详示。』大王道：『小可生在海边，姓乌名友。少小就有些膂力，众人推我为尊，权主此岛。因见我须毛太多，称我做乌将军。前日由海道到崇明县，得游贵府，与仁兄相会。小可不是铺啜之徒，感仁兄一饭，盖因我辈钱财轻，义气重，仁兄若非尘埃之中，深知小可，一个素不相识之人，如何肯欣然款纳？所谓「士为知己者死」，仁兄果为我知己耳！』大郎闻言，又惊又喜，心里想道：『好侥幸也！若非前日一饭，今日连性命也难保。』又饮了数杯，大王开言道：『动问仁兄，宅上有多少人口？』大郎道：『只有岳父母、妻子、小舅，并无他人。』大王道：『如今各平安否？』大郎下泪道：『不敢相瞒，旧岁荆妻、妻弟一同往崇明探亲，途中有失，至今不知下落。』大王道：『既是这等，尊嫂定是寻不出了。小可这里有个妇女也是贵乡人，年貌与兄正当，小可欲将他来奉仁兄箕帚，意下如何？』大郎恐怕触了大王之怒，不敢推辞。大王便大喊道：『请将来！请将来！』只见一男一女，走到厅上。大郎定睛看时，元来不别人，正是妻子与小舅，禁不住相持痛哭一场。大王便教增了筵席，三人坐了客位，大王坐了主位，说道：『仁兄知道尊嫂在此之故否？旧岁冬间，孩儿每往崇明海岸无人处，做些细商道路，见一男一女，傍晚同行，拿着前来。小可问出根由，知是仁兄宅眷，忙令各馆别室，不敢相轻。于今两月有余。急忙里无个缘便，心中想道：『只要得邀仁兄一见，便可用小力送还。』今日不期而遇，天使然也！』三人感谢不尽。那妻子与小舅私对陈大郎说道：『那日在海滩上望得见外婆家了，打发了来船。姊弟正走间，遇见一伙人，捆缚将来，道是性命休矣！不想一见大王，查问来历，我等一一实对，便把我们另眼相看，我们也不知其故。今日见说，却记得你前年间曾言苏州所遇，果非虚话

初刻拍案惊奇

了。』陈大郎又想道：『好侥幸也！前日若非一饭，今日连妻子也难保。』

酒罢起身，陈大郎道：『妻父母望眼将穿。既蒙壮士厚恩完聚，得早还家为幸。』大王道：『既如此，明日送行。』当夜送大郎夫妇在一个所在，送小舅在一个所在，各歇宿了。次日，又治酒相饯，三口拜谢了要行。大王又教喽罗托出黄金三百两，白银一千两，彩缎货物在外，不计其数。陈大郎推辞了几番道：『重承厚赐，只身难以持归。』大王道：『自当相送。』大郎只得拜受了。大王道：『自此每年当一至。』大郎应允。大王相送出岛边，喽罗们已自驾船相等。他三人欢欢喜喜，别了登舟。那海中是强人出没的所在，怕甚风涛险阻！只两日，竟由海道中送到崇明上岸，海船自去了。

他三人竟走至外婆家来，见了外婆，说了缘故，老人家肉天肉地的叫，欢喜无极。陈大郎又叫了一只船，三人一同到家，欧公欧妈见儿女、女婿都来，还道是睡里梦里。大郎便将前情告诉了一遍，各各悲欢了一场。欧公道：『此果是乌将军义气，然若不遇飓风，何缘得到岛中？普陀大士真是感应！』大郎又说着大士梦中四句诗，举家叹异。

从此大郎夫妻年年到普陀进香，都是乌将军差人从海道迎送，每番多则千金，少则数百，必致重负而返。陈大郎也年年往他州外府，觅些奇珍异物奉承，乌将军又必加倍相答，遂做了吴中巨富之家，乃一饭之报也。后人有诗赞曰：

胯下曾酬一饭金，谁知剧盗有情深。
世间每说奇男子，何必儒林胜绿林！

第九回

宣徽院仕女秋千会　清安寺夫妇笑啼缘

诗曰：

闻说氤氲使，专司夙世缘。
岂徒生作合，惯令死重还。
顺局不成幻，逆施方见权。
小儿称造化，于此信其然。

话说人世婚姻前定，难以强求，不该是姻缘的，随你用尽机谋，坏尽心术，到底没收场。及至该是姻缘的，虽是被人扳障，受人离间，却又散的弄出合来，死的弄出活来。从来传奇小说上边，如《倩女离魂》，活的弄出魂去，成了夫妻。如《崔护谒浆》，死的弄转魂来，成了夫妻。奇奇怪怪，难以尽述。

只如《太平广记》上边说，有一个刘氏子，少年任侠，胆气过人，好的是张弓挟矢、驰马试剑、飞觞蹴鞠诸事。交游的人，总是些剑客、博徒、杀人不偿命的亡赖子弟。一日游楚中，那楚俗习尚，正与相合。就有那一班儿意气相投的人，成群聚党，如兄若弟往来。有人对他说道：『邻人王氏女，美貌当今无比。』刘氏子就央座中人为媒去求聘他。那王家道：『虽然此人少年英勇，却闻得行径古怪，有些不务实，恐怕后来惹出事端，误了女儿终身。』坚执不肯。那女儿久闻得此人英风义气，到有几分慕他，只碍着爹娘做主，无可奈何。那媒人回复了刘氏子，刘氏子是个猛烈汉子，道：『不肯便罢，大丈夫怕没有好妻！愁他则甚？』一些不放在心上。

又到别处闲游了几年。其间也就说过几家亲事，高不凑，低不就，一家也不曾成得，仍旧到楚中来。那邻人王氏女虽然未嫁，已许下人了。刘氏子闻知也不在心上。这些旧时朋友见刘氏子来了，都来访他，仍旧联肩叠背，日里合围打猎，猎得些獐鹿雉兔，晚间就烹炮起来，成群饮酒，没有三四鼓不肯休歇。一日打猎归来，在郭外十余里一个村子里，下马少憩。只见树木阴惨，境界荒凉，有六七个土堆，多是雨淋泥落，尸棺半露，也有棺木毁坏，尸骸尽见的。众人看了道：『此等地面，亏是日间，若是夜晚独行，岂不怕人！』刘氏子道：『大丈夫神钦鬼伏，就是黑夜，有何怕惧？你看我今日夜间，偏要到此处走一遭。』众人道：『刘兄虽然有胆气，怕不能如此。』刘氏子道：『你看我今夜便是。』众人道：『以何物为信？』刘氏子就在古墓上取墓砖一块，题起笔来，把同来众人名字多写在上面，说道：『我今带了此砖去，到夜间我独自送将来。』指着一个棺木道：『放在此棺上，明日来看便是。我送不来，我输东道，请你众位；我送了来，你众位输东道，请我。见放着砖上名字，挨名派分，不怕少了一个。』众人都笑道：『使得，使得。』说罢，只听得天上隐隐雷响，一齐上马回到刘氏子下处。又将射猎所得，烹宰饮酒。

霎时间雷雨大作，几个霹雳，震得屋宇都是动的。众人戏刘氏子道：『刘兄，日间所言，此时怕铁好汉也不敢去。』刘氏子道：『说那里话？你看我雨略住就走。』果然阵头过，雨小了，刘氏子持了日间墓砖出门就走。众人都笑道：『你看他那里演帐演帐，回来捣鬼，我们且落得吃酒。』果然刘氏子使着酒性，一口气走到日间所歇墓边，笑道：『你看这伙懦夫！不知有何惧怕，便道到这里来不得。』此时雷雨已息，露出星光微明，正要将砖放在棺上，见棺上有一件东西蹲踞在上面。刘氏子摸了一摸道：『奇怪！是甚物件？』暗中手捻捻看，却象是个衣衾之类裹着甚东西。两手合抱将来，约有七八十斤重。笑道：『不拘是甚物件，且等我背了他去，与他们看看，等他们就晓得，省得直到明日才信。』他自恃膂力，要吓这班人，便把砖放了，一手拖来，背在背上，大踏步便走。

到得家来，已是半夜。众人还在那里呼五叫六的吃酒，听得外边脚步响，晓得刘氏子已归，恰像负着重东西走的。正在疑虑间，门开处，刘氏子直到灯前，放下背上所负在地。灯下一看，却是一个簇新衣服的女人死尸。可也奇怪，挺然卓立，更不僵仆。一座之人猛然抬头见了，个个惊得屁滚尿流，有的逃躲不及。刘氏子再把灯细细照着死尸面孔，只见脸上脂粉新施，形容甚美，只是双眸紧闭，口中无气，正不知是甚么缘故。众人都怀惧怕道：『刘兄恶取笑，不当人子！怎么把一个死人背在家里来吓人？快快仍背了出去！』刘氏子大笑道：『此乃吾妻也！我今夜还要与他同衾共枕，怎么舍得负了出去？』说罢，就裸起双袖，一抱抱将上床来，与他做了一头，口对了口，果然做一被睡下了。他也只要在众人面前卖弄胆壮，故意如此做作。众人又怕又笑，说道：『好无赖贼，直如此大胆不怕！拚得输东道与你罢了，何必做出此渗濑勾当？』刘氏子凭众人自说，只是不理，自睡了，众人散去。刘氏子与死尸睡到了四鼓，那死尸得了生人之气，口鼻里渐渐有起气来，刘氏子骇异，忙把手摸他心头，却是温温的。刘氏子道：『惭愧！敢怕还活转来？』正在疑惑间，那女人四肢已自动了。刘氏子越吐着热气接他，果然翻个身活将起来，道：『这是那里？我却在此！』刘氏子问其姓名，只是含羞不说。

须臾之间，天大明了。只见昨晚同席这干人有几个走来道：『昨夜死尸在那里？原来有这样异事。』刘氏子且把被遮着女人，问道：『有何异事？』那些人道：『原来昨夜邻人王氏之女嫁人，梳妆已毕，正要上轿，猛然急心疼死了。未及殡殓，只听得一声雷响，不见了尸首，至今无寻处。昨夜兄背来死尸，敢怕就是？』刘氏子大笑道：『我背来是活人，何曾是死尸！』众人道：『又来调喉！』刘氏子扯开被与众人看时，果然是一个活人。众人道：『又来奇怪！』因问道：『小娘子谁氏之家？』那女子见人多了，便说出话来，道：『奴是此间王家女。因昨夜一个头晕，跌倒在地，不知何缘在此？』刘氏子又大笑道：『我昨夜原说道是吾妻，今说将来，便是我昔年求聘的了。我何曾吊谎？』众人都笑将起来道：『想是前世姻缘，我等当为撮合。』

此话传闻出去，不多时王氏父母都来了，看见女儿是活的，又惊又喜。那女儿晓得就是前日求亲的刘生，便对父母说道：『儿身已死，还魂转来，却遇刘生。昨夜虽然是个死尸，已与他同寝半夜，也难另嫁别人了，爹妈做主则个。』众人都撺掇道：『此是天意，不可有违！』王氏父母遂把女儿招了刘氏子为婿，后来偕老。可见天意有定，如此作合。倘若这夜不是暴死、大雷，王氏女已是别家媳妇了。又非刘氏子试胆作戏，就是因雷失尸，也有何涉？只因是夙世前缘，故此奇奇怪怪，颠之倒之，有此等异事。

这是个父母不肯许的，又有一个父母许了又悔的，也弄得死了活转来。一念坚贞，终成夫妇。留下一段佳话，名曰《秋千会记》。正是：

精诚所至，金石为开。
贞心不寐，死后重谐。

这本话乃是元朝大德年间的事。那朝有个宣徽院使叫做孛罗，是个色目人，乃故相齐国公之子。生在相门，穷极富贵，第宅宏丽，莫与为比。却又读书能文，敬礼贤士，一时公卿间，多称诵他好处。他家住

在海子桥西，与佥判奄都剌、经历东平王荣甫三家相联，通家往来。宣徽私居后有花园一所，名曰杏园，取『春色满园关不住，一枝红杏出墙来』之意。那杏园中花卉之奇，亭榭之好，诸贵人家所不能仰望。每年春，宣徽诸妹诸女，邀院判、经历两家宅眷，于园中设秋千之戏，盛陈饮宴，欢笑竟日。各家亦隔一日设宴还答，自二月末至清明后方罢，谓之『秋千会』。

于时有个枢密院同佥帖木儿不花的公子，叫做拜住，骑马在花园墙外走过。只闻得墙内笑声，在马上欠身一望，正见墙内秋千竞就，欢哄方浓。遥望诸女，都是绝色。拜住勒住了马，潜身在柳阴中，恣意偷觑，不觉多时。那管门的老园公听见墙外有马铃响，走出来看，只见有一个骑马郎君呆呆地对墙里觑着。园公认得是同佥公子，走报宣徽，宣徽急叫人赶出来。那拜住才撞见园公时，晓得有人知觉，恐怕不雅，已自打上了一鞭，去得远了。

拜住归家来，对着母夸说此事，盛道宣徽诸女个个绝色。母亲解意，便道：『你我正是门当户对，只消遣媒求亲，自然应允，何必望空羡慕？』就央个媒婆到宣徽家来说亲。宣徽笑道：『莫非是前日骑马看秋千的？吾正要择婿，教他到吾家来看看。才貌若果好，便当许亲。』媒婆归报同佥，同佥大喜，便叫拜住盛饰仪服，到宣徽家来。

宣徽相见已毕，看他丰神俊美，心里已有几分喜欢。但未知内蕴才学如何，思量试他，遂对拜住道：『足下喜看秋千，何不以此为题，赋《菩萨蛮》一调？老夫要请教则个。』拜住请笔砚出来，一挥而就。词曰：

红绳画板柔荑指，东风燕子双双起。夸俊要争高，更将裙系牢。牙床和困睡，一任金钗坠。推枕起来迟，纱窗月上时。

宣徽见他才思敏捷，韵句铿锵，心下大喜，分付安排盛席款待。筵席完备，待拜住以子侄之礼，送他侧首坐下，自己坐了主席。饮酒中间，宣徽想道：『适间咏秋千词，虽是流丽，或者是那日看过秋千，便已有此题咏，今日偶合着题目的。不然如何恁般来得快？真个七步之才也不过如此。待我再试他一试看。』恰好听得树上黄莺巧啭，就对拜住道：『老夫再欲求教，将《满江红》调赋《莺》一首。望不吝珠玉，意下如何？』拜住领命，即席赋成，拂拭剡藤，挥洒晋字，呈上宣徽，词曰：

嫩日舒晴，韶光艳，碧天新霁。正桃腮半吐，莺声初试。孤枕乍闻弦索悄，曲屏时听笙簧细。爱绵蛮柔舌韵东风，愈娇媚。幽梦醒，闲愁泥。残杏褪，重门闲。巧音芳韵，十分流丽。入柳穿花来又去，欲求好友真无计。望上林，何日得双栖？心迢递。

宣徽看见词翰两工，心下已喜，及读到末句，晓得是见景生情，暗藏着求婚之意。不觉拍案大叫道：『好佳作！真吾婿也！老夫第三夫人有个小女，名唤速哥失里，堪配君子。待老夫唤出相见则个。』就传云板，请三夫人与小姐上堂。当下拜住见了岳母，又与小姐速哥失里相见了，正是秋千会里女伴中最绝色者。拜住不敢十分抬头，已自看得较切，不比前日墙外影响，心中喜乐不可名状。相见罢，夫人同小姐回步。却说内宅女眷，闻得堂上请夫人、小姐时，晓得是看中了女婿。别位小姐都在门背后缝里张着，看见拜住一表非俗，个个称羡。见速哥失里进来，私下与他称喜道：『可谓门阑多喜气，女婿近乘龙也。』合家赞美不置。

拜住辞谢了宣徽，回到家中，与父母说知，就择吉日行聘。礼物之多，词翰之雅，喧传都下，以为盛事。

谁知好事多磨，风云不测，台谏官员看见同佥富贵豪宕，上本参论他赃私。奉圣旨发下西台御史勘问，免不得收下监中。那同佥是个受用的人，怎吃得牢狱之苦？不多几日生起病来。元来元朝大臣在狱有病，例许题请释放。同佥幸得脱狱，归家调治，却病得重了，百药无效，不上十日，呜呼哀哉，举家号痛。谁知这病是惹的牢瘟，同佥既死，阖门染了此症，没几日就断送一个，一月之内弄个尽绝，止剩得拜住一个不死。却又被西台追赃入官，家业不勾赔偿，真个转眼间冰消瓦解，家破人亡。

宣徽好生不忍，心里要收留拜住回家成亲，教他读书，以图出身。与三夫人商议，那三夫人是个女流之辈，只晓得炎凉世态，那里管甚么大道理？心里怫然不悦。元来宣徽别房虽多，惟有三夫人是他最宠爱的，家里事务都是他主持。所以前日看上拜住，就只把他的女儿许了，也是好胜处。今日见别人的女儿，多与了富贵之家，反是他女婿家里凋弊了，好生不伏气，一心要悔这头亲事，便与女儿速哥失里说知。速哥失里不肯，哭谏母亲道：『结亲结义，一与定盟，终不可改。儿见诸姊妹家荣盛，心里岂不羡慕？但寸丝为定，鬼神难欺。岂可因他贫贱，便想悔赖前言？非人所为。儿誓死不敢从命！』宣徽虽也道女儿之言有理，怎当得三夫人撒娇撒痴，把宣徽的耳朵掇了转来，那里管女儿肯不肯，别许了平章阔阔出之子僧家奴。拜住虽然闻得这事，心中懊恼，自知失势，不敢相争。

那平章家择日下聘，比前番同佥之礼更觉隆盛。三夫人道：『争得气来，心下方才快活。』只见平章家拣下吉期，花轿到门。速哥失里不肯上轿，众夫人、众妹妹各来相劝。速哥失里大哭一场，含着眼泪，勉强上轿。到得平章家里，傧相念了诗赋，启请新人出轿。伴娘开帘，等待再三，不见抬身。攒头轿内看时，叫声：『苦也！』元来速哥失里在轿中偷解缠脚纱带，缢颈而死，已此绝气了。慌忙报与平章，连平章没做道理处，叫人去报宣徽。那三夫人见说，儿天儿地哭将起来。急忙叫人追轿回来，急解脚缠，将姜汤灌下去，牙关紧闭，眼见得不醒。三夫人哭得昏晕了数次，无可奈何，只得买了一副重价的棺木，尽将平日房奁首饰珠玉及两夫家聘物，尽情纳在棺内入殓，将棺木暂寄清安寺中。

且说拜住在家，闻得此变，情知小姐为彼而死。晓得柩寄清安寺中，要去哭他一番。是夜来到寺中，见了棺柩，不觉伤心，抚膺大恸，真是哭得三生诸佛都垂泪，满房禅侣尽长吁。哭罢，将双手扣棺道：『小姐阴灵不远，拜住在此。』只听得棺内低低应道：『快开了棺，我已活了。』拜住听得明白，欲要开时，将棺木四周一看，漆钉牢固，难以动手。乃对本房主僧说道：『棺中小姐，元是我妻屈死。今棺中说道已活，我欲开棺，独自一人难以着力，须求师父们帮助。』僧道：『此宣徽院小姐之棺，谁敢私开？开棺者须有罪。』拜住道：『开棺之罪，我一力当之，不致相累。况且暮夜无人知觉。若小姐果活了，放了出来，棺中所有，当与师辈共分。若是不活，也等我见他一面，仍旧盖上，谁人知道？』那些僧人见说共分所有，他晓得棺中随殓之物甚厚，也起了利心；亦且拜住兴头时，与这些僧人也是门徒施主，不好违拗。便将一把斧头，把棺盖撬将开来。只见划然一声，棺盖开处，速哥失里便在棺内坐了起来。见了拜住，彼此喜极。拜住便说道：『小姐再生之庆，果是冥数，也亏得寺僧助力开棺。』小姐便脱下手上金钏一对及头上首饰一半，谢了僧人，剩下的还直数万两。拜住与小姐商议道：『本该报宣徽得知，只是恐怕有变。而今身边有财物，不

如瞒着远去，只央寺僧买些漆来，把棺木仍旧漆好，不说出来。神不知，鬼不觉，此为上策。』寺僧受了重贿，无有不依，照旧把棺木漆得光净牢固，并不露一些风声。

拜住挈了速哥失里，走到上都寻房居住。那时身边丰厚，拜住又寻了一馆，教着蒙古生数人，复有月俸，家道从容，尽可过日。夫妻两个，你恩我爱，不觉已过一年。也无人晓得他的事，也无人晓得甚么宣徽之女，同佥之子。

却说宣徽自丧女后，心下不快，也不去问拜住下落。好些时不见了他，只说是流离颠沛，连存亡不可保了。一日旨意下来，拜宣徽做开平尹，宣徽带了家眷赴任。那府中事体烦杂，宣徽要请一个馆客做记室，代笔札之劳。争奈上都是个极北夷方，那里寻得个儒生出来？访有多日，有人对宣徽道：『近有个士人，自大都挈家寓此，也是个色目人，设帐民间，极有学问。府君若要觅西宾，只有此人可以充得。』宣徽大喜，差个人拿帖去，快请了来。拜住看见了名帖，心知正是宣徽。忙对小姐说知了。穿着整齐，前来相见。宣徽看见，认得是拜住，吃了一惊，想道：『我几时不见了他，道是流落死亡了，如何得衣服济楚，容色充盛如此？』不觉追念女儿，有些伤感起来。便对拜住道：『昔年有负足下，反累爱女身亡，惭恨无极！今足下何因在此？曾有亲事未曾？』拜住道：『重蒙垂念，足见厚情。小婿不敢相瞒，令爱不亡，见同在此。』宣徽大惊道：『那有此话！小女当日自缢，今尸棺见寄清安寺中，那得有个活的在此间？』拜住道：『令爱小姐与小婿实是夙缘未绝，得以重生。今见在寓所，可以即来相见，岂敢有诳！』

宣徽忙走进去与三夫人说了，大家不信。拜住又叫人去对小姐说了，一乘轿竟抬入府衙里来。惊得合家人都上前来争看，果然是速哥失里。那宣徽与三夫人不管是人是鬼，且抱着头哭做了一团。哭罢，定睛再看，看去身上穿戴的，还是殓时之物，行步有影，衣衫有缝，言语有声，料想真是个活人了。那三夫人道：『我的儿，就是鬼，我也舍不得放你了！』只有宣徽是个读书人见识，终是不信。疑心道：『此是屈死之鬼，所以假托人形，幻惑年少。』口里虽不说破，却暗地使人到大都清安寺问僧家的缘故。僧家初时抵赖，后见来人说道已自相逢厮认了，才把真心话一一说知。来人不肯便信，僧家把棺木撬开与他看，只见是个空棺，一无所有。回来报知宣徽道：『此情是实。』宣徽道：『此乃宿世前缘也！难得小姐一念不移，所以有此异事。早知如此，只该当初依我说，收养了女婿，怎见得有此多般？』三夫人见说，自觉没趣，懊悔无极，把女婿越看待得亲热，竟赘他在家中终身。

后来速哥失里与拜住生了三子。长子教化，仕至辽阳等处行中省左丞。次子忙古歹，幼子黑厮，俱为内怯薛带御器械。教化与忙古歹先死，黑厮直做到枢密院使。天兵至燕，元顺帝御清宁殿，集三宫皇后太子同议避兵。黑厮与丞相失列门哭谏道：『天下者，世祖之天下也，当以死守。』顺帝不听，夜半开建德门遁去。黑厮随入沙漠，不知所终。

平章府轿抬死女，清安寺漆整空棺。
若不是生前分定，几曾有死后重欢！

初刻拍案惊奇

第十回

韩秀才乘乱聘娇妻　吴太守怜才主姻簿

诗曰：

嫁女须求女婿贤，贫穷富贵总由天。
姻缘本是前生定，莫为炎凉轻变迁！

话说人生一世，沧海变为桑田，目下的贵贱穷通都做不得准的。如今世人一肚皮势利念头，见一个人新中了举人、进士，生得女儿，便有人抢来定他为媳，生得男儿，便有人捱来许他为婿。万一官卑禄薄，一旦夭亡，仍旧是个穷公子、穷小姐，此时懊悔，已自迟了。尽有贫苦的书生，向富贵人家求婚，便笑他阴沟洞里思量天鹅肉吃。忽然青年高第，然后大家懊悔起来，不怨怅自己没有眼睛，便嗟叹女儿无福消受。所以古人会择婿的，偏拣着富贵人家不肯应允，却把一个如花似玉的爱女，嫁与那酸黄齑、烂豆腐的秀才，没有一人不笑他呆痴，道是：『好一块羊肉，可惜落在狗口里了！』一朝天子招贤，连登云路，五花诰、七香车，尽着他女儿受用，然后服他先见之明。这正是：凡人不可貌相，海水不可斗量。只在论女婿的贤愚，不在论家势的贫富。当初韦皋、吕蒙正多是样子。

却说春秋时，郑国有一个大夫，叫做徐吾犯。父母已亡，止有一同胞妹子。那小姐年方十六，生得肌如白雪，脸似樱桃，鬓若堆鸦，眉横丹凤。吟得诗，作得赋，琴棋书画，女工针指，无不精通。还有一件好处：那一双娇滴滴的秋波，最会相人。大凡做官的与他哥哥往来，他常在帘中偷看，便识得那人贵贱穷通，终身结果，分毫没有差错，所以一发名重当时。却有大夫公孙楚聘他为妇，尚未成婚。

那公孙楚有个从兄，教做公孙黑，官居上大夫之职。闻得那小姐貌美，便央人到徐家求婚。徐大夫回他已受聘了。公孙黑原是不良之徒，便倚着势力，不管他肯与不肯，备着花红酒礼，笙箫鼓乐，送上门来。徐大夫无计可施，次日备了酒筵，请他兄弟二人来，听妹子自择。公孙黑晓得要看女婿，便浓妆艳服而来，又自卖弄富贵，将那金银彩缎，排列一厅。公孙楚只是常服，也没有甚礼仪。旁人观看的，都赞那公孙黑，暗猜道：『一定看中他了。』酒散，二人谢别而去。小姐房中看过，便对哥哥说道：『公孙黑官职又高，面貌又美，只是带些杀气，他年决不善终。不如嫁了公孙楚，虽然小小有些折挫，久后可以长保富贵。』大夫依允，便辞了公孙黑，许了公孙楚。择日成婚已毕。

那公孙黑怀恨在心，奸谋又起。忽一日穿了甲胄，外边用便服遮着，到公孙楚家里来，欲要杀他，夺其妻子。已有人通风与公孙楚知道，疾忙执着长戈赶出。公孙黑措手不及，着了一戈，负痛飞奔出门，便到宰相公孙侨处告诉。此时大夫都聚，商议此事，公孙楚也来了。争辩了多时，公孙侨道：『公孙黑要杀族弟，其情未知虚实。却是论官职，也该让他；论长幼，也该让他。公孙楚卑幼，擅动干戈，律当远窜。』当时定了罪名，贬在吴国安置。公孙楚回家，与徐小姐抱头痛哭而行。公孙黑得意，越发耀武扬威了。外人看见，都懊怅徐小姐不嫁得他，就是徐大夫也未免世俗之见。小姐全然不以为意，安心等守。

却说郑国有个上卿游吉，该是公孙侨之后轮着他为相。公孙黑思想夺他权位，日夜蓄谋，不时就要作起反来。公孙侨得知，便疾忙乘其未发，差官数了他的罪恶，逼他自缢而死。这正合着徐小姐『不善终』的话了。

那公孙楚在吴国住了三载，赦罪还朝，就代了那上大夫职位，富

贵已极，遂与徐小姐偕老。假如当日小姐贪了上大夫的声势，嫁着公孙黑，后来做了叛臣之妻，不免守几十年之寡。即此可见目前贵贱都是论不得的。说话的，你又差了，天下好人也有穷到底的，难道一个个为官不成？俗语道得好：『赊得不如现得。』何如把女儿嫁了一个富翁，且享此目前的快活。看官有所不知，就是会择婿的，也都要跟着命走。一饮一啄，莫非前定。却毕竟不如嫁了个读书人，到底不是个没望头的。

如今再说一个生女的富人，只为倚富欺贫，思负前约，亏得太守廉明，成其姻事。后来妻贵夫荣，遂成佳话。有诗一首为证：

当年红拂困闺中，有意相随李卫公。
日后荣华谁可及？只缘双目识英雄。

话说国朝正德年间，浙江台州府天台县有一秀才，姓韩名师愈，表字子文。父母双亡，也无兄弟，只是一身。他十二岁上就游庠的，养成一肚皮的学问，真个是：

才过子建，貌赛潘安。胸中博览五车，腹内广罗千古。他日必为攀桂客，目前尚作采芹人。

那韩子文虽是满腹文章，却不过家道消乏，在人家处馆，勉强糊口。所以年过二九，尚未有亲。一日遇着端阳节近，别了主人家回来，住在家里了数日。忽然心中想道：『我如今也好议亲事了。据我胸中的学问，就是富贵人家把女儿匹配，也不冤屈了他。却是如今世人谁肯？』又想了一回道：『是便是这样说，难道与我一样的儒家，我也还对他的女儿不过？』当下开了拜匣，称出束脩银伍钱，做个封筒封了，放在匣内，教书僮拿了随着，信步走到王媒婆家里来。

那王媒婆接着，见他是个穷鬼，也不十分动火他的。吃过了一盏茶，便开口问道：『秀才官人几时回家的？甚风推得到此？』子文道：『来家五日了。今日到此，有些事体相央。』便在家童手中接过封筒，双手递与王婆道：『薄意伏乞笑纳，事成再有重谢。』王婆推辞一番便接了，道：『秀才官人，敢是要说亲么？』子文道：『正是。家下贫穷，不敢仰攀富户，但得一样儒家女儿，可备中馈，延子嗣，足矣。积下数年束脩，四五十金聘礼也好勉强出得。乞妈妈与我访个相应的人家。』王婆晓得穷秀才说亲，自然高来不成，低来不就的，却难推拒他，只得回复道：『既承官人厚惠，且请回家，待老婢子慢慢的寻觅。有了话头，便来回报。』那子文自回家去了。

一住数日，只见王婆走进门来，叫道：『官人在家么？』子文接着，问道：『姻事如何？』王婆道：『为着秀才官人，鞋子都走破了。方才问得一家，乃是县前许秀才的女儿，年纪十七岁。那秀才前年身死，娘子寡居在家里，家事虽不甚富，却也过得。说起秀才官人，倒也有些肯了。只是说道：「我女儿嫁个读书人，尽也使得。但我们妇人家，又不晓得文字，目今提学要到台州岁考，待官人考了优等，就出吉帖便是。」』子文自恃才高，思忖此事十有八九，对王婆道：『既如此说，便待考过议亲不迟。』当下买几杯白酒，请了王婆。自别去了。

子文又到馆中，静坐了一月有余，宗师起马牌已到。那宗师姓梁，名士范，江西人，不一日，到了台州。那韩子文头上戴了紫菜的巾，身上穿了腐皮的衫，腰间系了芋艿的绦，脚下穿了木耳的靴，同众生员迎接入城。行香讲书已过，便张告示，先考府学及天台、临海两县。到期，子文一笔写完，甚是得意。出场来，将考卷誊写出来，请教了几个先达，几个朋友，无不叹赏。又自己玩了几遍，拍着桌子道：『好文字！好文字！就做个案元帮补也不为过，何况优等？』又

把文字来鼻头边闻一闻道：『果然有些老婆香！』

却说那梁宗师是个不识文字的人，又且极贪，又且极要奉承乡官及上司。前日考过杭、嘉、湖，无一人不骂他的，几乎吃秀才们打了。曾编着几句口号道：『道前梁铺，中人姓富，出卖生儒，不误主顾。』又有一个对道：『公子笑欣欣，喜弟喜兄都入学；童生愁惨惨，恨祖恨父不登科。』又把《四书》几语，做着几股道：『君子学道公则悦，小人学道尽信书。不学诗，不学礼，有父兄在，如之何其废之！诵其诗，读其书，虽善不尊，如之何其可也！』那韩子文是个穷儒，那有银子钻刺？十日后发出案来，只见公子富翁都占前列了。你道那韩师愈的名字却在那里？正是：『似「王」无一竖，如「川」却又眠。』曾有一首《黄莺儿》词，单道那三等的苦处：

无辱又无荣，论文章是弟兄，鼓声到此如春梦。高才命穷，庸才运通，廪生到此便宜贡。且从容，一边站立，看别个赏花红。

那韩子文考了三等，气得目睁口呆。把那梁宗师乌龟亡八的骂了一场，不敢提起亲事，那王婆也不来说了。只得勉强自解，叹口气道：

娶妻莫恨无良媒，书中有女颜如玉。

发落已毕，只得萧萧条条，仍旧去处馆，见了主人家及学生，都是面红耳热的，自觉没趣。

又过了一年有余，正遇着正德爷爷崩了，遗诏册立兴王。嘉靖爷爷就藩邸召入登基，年方一十五岁。妙选良家子女，充实掖庭。那浙江纷纷的讹传道：『朝廷要到浙江各处点绣女。』那些愚民，一个个信了。一时间嫁女儿的，讨媳妇的，慌慌张张，不成礼体。只便宜了那些卖杂货的店家，吹打的乐人，服侍的喜娘，抬轿的脚夫，赞礼的傧相。还有最可笑的，传说道：『十个绣女要一个寡妇押送。』赶得那七老八十的，都起身嫁人去了。但见：

十三四的男儿，讨着二十四五的女子。十二三的女子，嫁着三四十的男儿。粗蠢黑的面孔，还恐怕认做了绝世芳姿；宽定宕的东西，还恐怕认做了含花嫩蕊。白言节操凛如霜，做不得二夫烈女；不久形躯将就木，再拚个一度春风。

当时无名子有一首诗，说得有趣：

一封丹诏未为真，三杯淡酒便成亲。
夜来明月楼头望，唯有嫦娥不嫁人。

那韩子文恰好归家，见民间如此慌张，便闲步出门来玩景。只见背后一个人，将子文忙忙的扯一把。回头看时，却是开典当的徽州金朝奉。对着子文施个礼，说道：『家下有一小女，今年十六岁了，若秀才官人不弃，愿纳为室。』说罢，也不管子文要与不要，摸出吉帖，望子文袖中乱摔。子文道：『休得取笑。我是一贫如洗的秀才，怎承受得令爱起？』朝奉皱着眉道：『如今事体急了，官人如何说此懈话？若略迟些，恐防就点了去。我们夫妻两口儿，只生这个小女，若远远的到北京去了，再无相会之期，如何割舍得下？官人若肯俯从，便是救人一命。』说罢便思量要拜下去。

子文分明晓得没有此事，他心中正要妻子，却不说破。慌忙一把搀起道：『小生囊中只有四五十金，就是不嫌孤寒，聘下令爱时，也不能够就完姻事。』朝奉道：『不妨，不妨。但是有人定下的，朝廷也就不来点了。只须先行谢吉之礼，等事平之后，慢慢的做亲。』子文道：『这倒也使得。却是说开，后来不要翻悔！』那朝奉是情急的，就对天设起誓来，道：『若有翻悔，就在台州府堂上受刑。』子文道：『设誓倒也不必，只是口说无凭，请朝奉先回，小生即刻去约两个敝友，同到宝

初刻拍案惊奇

铺来。先请令爱一见，就求朝奉写一纸婚约，待敝友们都押了花字，一同做个证见。纳聘之后，或是令爱的衣裳，或是头发，或是指甲，告求一件，藏在小生处，才不怕后来变卦。』那朝奉只要成事，满担应承道：『何消如此多疑！使得，使得。一唯尊命，只求快些。』一头走，一头说道：『专望！专望！』自回铺子里去了。

韩子文便望学中，会着两个朋友，乃是张四维、李俊卿，说了缘故，写着拜帖，一同望典铺中来。朝奉接着，奉茶寒温已罢，便唤出女儿朝霞到厅。你道生得如何？但见：

眉如春柳，眼似秋波。几片夭桃脸上来，两枝新笋裙间露。即非倾国倾城色，自是超群出众人。

子文见了女子的姿容，已自欢喜。一施礼已毕，便自进房去了。子文又寻个算命先生合一合婚，说道：『果是大吉，只是将婚之前，有些闲气。』那金朝奉一味要成，说道：『大吉便自十分好了，闲气自是小事。』便取出一幅全帖，上写道：

立婚约金声，系徽州人。生女朝霞，年十六岁，自幼未曾许聘何人。今有台州府天台县儒生韩子文礼聘为妻，实出两愿。自受聘之后，更无他说。张、李二公，与闻斯言。嘉靖元年　月　日。

立婚约：金声。

同议友人：张安国、李文才。

写罢，三人都画了花押，付子文藏了。这也是子文见自己贫困，作此不得已之防，不想他日果有负约之事，这是后话。

当时便先择个吉日，约定行礼。到期，子文将所积束脩五十余金，粗粗的置几件衣服首饰，其余的都是现银，写着：『奉申纳币之敬。子婿韩师愈顿首百拜。』又送张、李二人银各一两，就请他为媒，一同行聘，到金家铺来。那金朝奉是个大富之家，与妈妈程氏，见他礼不丰厚，虽然不甚喜欢，为是点绣女头里，只得收了，回盘甚是整齐。果然依了子文之言，将女儿的青丝细发，剪了一缕送来。子文一一收好，自想道：『若不是这一番哄传，连妻子也不知几时定得，况且又有妻财之分。』心中甚是快活不题。

光阴似箭，日月如梭。暑往寒来，又是大半年光景。却是嘉靖二年，点绣女的讹传，已自息了。金氏夫妻见安平无事，不舍得把女儿嫁与穷儒，渐渐的懊悔起来。那韩子文行礼一番，已把囊中所积束脩用个罄尽，所以还不说起做亲。

一日，金朝奉正在当中算帐，只见一个客人跟着个十七八岁孩子走进铺来，叫道：『妹夫姊姊在家么？』原来是徽州程朝奉，就是金朝奉的舅子，领着亲儿阿寿，打从徽州来，要与金朝奉合伙开当的。金朝奉慌忙迎接，又引程氏、朝霞都相见了。叙过寒温，便教暖酒来吃。程朝奉从容问道：『外甥女如此长成得标致了，不知曾受聘未？』不该如此说，犬子尚未有亲，姊夫不弃时，做个中表夫妻也好。』金朝奉叹口气道：『便是呢，我女儿若把与内侄为妻，有甚不甘心处？只为旧年点绣女时，心里慌张，草草的将来许了一个什么韩秀才。那人是个穷儒，我看他满脸饿文，一世也不能够发迹。前年梁学道来，考了一个三老官，料想也中不成。教我女儿如何嫁得他？也只是我女儿没福，如今也没处说了。』程朝奉沉吟了半晌，问道：『姊夫姊姊，果然不愿与他么？』金朝奉道：『我如何说谎？』程朝奉道：『姊夫若是情愿把甥女与他，再也休题。若不情愿时，只须用个计策，要官府断离，有何难处？』金朝奉道：『计将安出？』程朝奉道：『明日待我台州府举一状词，告着姊夫。只说从幼中表约为婚姻，近因我羁滞徽州，妹夫就赖婚改适，要官府断与我儿便了。犬子虽则不才，也强如那穷酸饿鬼。』金朝奉道：『好便好，只是前日有亲笔婚书及女儿头发在彼为证，官府如何就肯断与你儿？况且我先有一款不是了。』程朝奉道：『姊夫真是不惯衙门事体！我与你同是徽州人，又是亲眷，说道从幼结儿女姻，也是容易信的。常言道：「有钱使得鬼推磨。」我们不少的是银子，匡得将来买上买下。再央一个乡官在太守处说了人情，婚约一纸，只须一笔勾消。剪下的头发，知道是何人的？那怕他不如我愿！既有银子使用，你也自然不到得吃亏的。』金朝奉拍手道：『妙哉！妙哉！明日就做。』当晚酒散，各自安歇了。

次日天明，程朝奉早早梳洗，讨些朝饭吃了，请个法家，商量定了状词。又寻一个姓赵的，写做了中证。同着金朝奉，取路投台州府来。这一来，有分教：

丽人指日归佳士，诡计当场受苦刑。

到得府前，正值新太守呈公弼升堂。不逾时抬出放告牌来，程朝奉随着牌进去。太守教义民官接了状词，从头看道：

告状人程元，为赖婚事：万恶金声，先年曾将亲女金氏许元子程寿为妻，六礼已备。讵恶远徙台州，背负前约。于去年　月间，擅自改许天台县儒生韩师愈。赵孝等证。人伦所系，风化攸关，恳乞天台明断，使续前姻。上告。

原告：程元，徽州府歙县人。

被犯：金声，徽州府歙县人；韩师愈，台州府天台县人。

干证：赵孝，台州府天台县人。

本府太爷施行。

太守看罢，便叫程元起来，问道：『那金声是你甚么人？』程元叩头道：『青天爷爷，是小人嫡亲姊夫。因为是至亲至眷，恰好儿女年纪相若，故此约为婚姻。』太守道：『他怎么就敢赖你？』程元道：『那金声搬在台州住了，小的却在徽州，路途先自遥远了。旧年相传点绣女，金声恐怕真有此事，就将来改适韩生。小的近日到台州探亲，正打点要完姻事，才知负约真情。他也只为情急，一时错做此事。小人却如何平白地肯让一个媳妇与别人了？若不经官府，那韩秀才如何又肯让与小人？万乞天台老爷做主！』太守见他说得有些根据，就将状子当堂批准。分付道：『十日内听审。』程元叩头出去了。

金朝奉知得状子已准，次日便来寻着张、李二生，故意做个慌张的景象，说道：『怎么好？怎么好？当初在下在徽州的时节，妻弟有个儿子，已将小女许嫁他。后来到贵府，正值点绣女事急，只为远水不救近火，急切里将来许了贵相知，原是二公为媒说合的。不想如今妻弟到来，已将在下的姓名告在府间，如何处置？』那二人听得，便怒从心上起，恶向胆边生。骂道：『不知生死的老贼驴！你前日议亲的时节，誓也不知罚了许多！只看婚约是何人写的？如今却放出这个屁来！我晓得你嫌韩生贫穷，生此奸计。那韩生是才子，须不是穷到底的。我们动了三学朋友去见上司，怕不打断你这老驴的腿！管教你女儿一世不得嫁人！』金朝奉却待分辨，二人毫不理他，一气走到韩家来，对子文说知缘故。

那子文听罢，气得呆了半晌，一句话也说不出。又定了一会，张、李二人只是气愤愤的要拉了子文，合起学中朋友见官。倒是子文劝他道：『二兄且住！我想起来，那老驴既不愿联姻，就是夺得那女子来时，到底也不和睦。吾辈若有寸进，怕没有名门旧族来结丝萝？这一个富商，又非大家，直恁希罕！况且他有的是钱财，官府自然为他的。小

弟家贫，也那有闲钱与他打官司？他年有了好处，不怕没有报冤的日子。有烦二兄去对他说，前日聘金原是五十两，若肯加倍赔还，就退了婚也得。』二人依言。

子文就开拜匣，取了婚书吉帖与那头发，一同的望着典铺中来。张、李二人便将上项的言语说了一遍。金朝奉大喜道：『但得退婚，免得在下受累，那在乎这几十两银子！』当时就取过天平，将两个元宝共兑了一百两之数，交与张、李二人收着，就要子文写退婚书，兼讨前日婚约，头发。子文道：『且完了官府的世情，再来写退婚书及奉还原约未迟。而今官事未完，也不好轻易就是这样还得。总是银子也未就领去不妨。』程朝奉又取二两银子，送了张、李二生，央他出名归息。二生就讨过笔砚，写了息词，同着原告、被告、中证一行人进府里来。

吴太守方坐晚堂，一行人就将息词呈上。太守从头念一遍道：

劝息人张四维、李俊卿，系天台县学生。窃徽人金声，有女已受程氏之聘，因迁居天台，道途修阻，女年及笄，程氏音问不通，不得已再许韩生，以致程氏斗争成讼。兹金声愿还聘礼，韩生愿退婚姻，庶不致寒盟于程氏。维等忝为亲戚，意在息争，为此上禀。

原来那吴太守是闽中一个名家，为人公平正直，不爱那有『贝』字的『财』，只爱那无『贝』字的『才』。自从前日准过状子，乡绅就有书来，他心中已晓得是有缘故的了。当下看过息词，抬头看了韩子文，风彩堂堂，已自有几分欢喜，便教：『唤那秀才上来。』韩子文跪到面前，太守道：『我看你一表人才，决不是久困风尘的。就是我招你为婚，也不枉了。你却如何轻聘了金家之女，今日又如何就肯轻易退婚？』那韩子文是个点头会意的人。他本等不做指望了，不想着太守心里为他，便转了口道：『小生如何舍得退婚！前日初聘的时节，金声朝天设誓，尤恐怕不足为信，复要金声写了亲笔婚约，张、李二生都是同议的。如今现有「不曾许聘他人」句可证。受聘之后，又回却青丝发一缕，小生至今藏在身边，朝夕把玩，就如见我妻子一般。如今一旦要把萧郎做个路人看待，却如何甘心得过？程氏结姻，从来不曾见说。只为贫不敌富，所以无端生出是非。』说罢，便噙下泪来。恰好那吉帖、婚书、头发都在袖中，随即一并呈上。

太守仔细看了，便教把程元、赵孝远远的另押在一边去。先开口问金声道：

『你女儿曾许程家么？』金声道：『爷爷，实是许的。』又问道：『既如此，不该又与韩生了。』金声道：『只为点绣女事急，仓卒中，不暇思前算后，做此一事，也是出于无奈。』又问道：『那婚约可是你的亲笔？』金声道：『是。』又问道：『那上边写道：「自幼不曾许聘何人」，却怎么说？』金声道：『当时只要成事，所以一依他，原非实话。』太守见他言词反复，已自怒形于色。又问道：『你与程元结亲，却是几年几月几日？』金声一时说不出来，想了一回，只得扭捏道是某年某月某日。

太守喝退了金声，又叫程元上来问道：『你聘金家女儿，有何凭据？』程元道：『六礼既行，便是凭据了。』又问道：『原媒何在？』程元道：『原媒自在徽州，不曾到此。』又道：『你媳妇的吉帖，拿与我看。』程元道：『一时失带在身边。』太守冷笑了一声，又问道：『你何年何月何日与他结姻的？』程元也想了一回，信口诌道是某年某月某日。与金声所说日期，分毫不相合了。太守心里已自了然，便再唤那赵孝上来问道：『你做中证，却是那里人？』赵孝道：『是本府人。』

又问道：『既是台州人，如何晓得徽州事体？』赵孝道：『因为与两家有亲，所以知道。』太守道：『既如此，你可记得何年月日结姻的？』赵孝也约莫着说个日期，又与两人所言不相对了。原来他三人见投了息词，便道不消费得气力，把那答应官府的说话都不曾打得照会。谁想太爷一个个的盘问起来。那些衙门中人虽是受了贿赂，因惮太守严明，谁敢在旁边帮衬一句！自然露出马脚。

那太守就大怒道：『这一班光棍奴才，敢如此欺公罔法！且不论没有点绣女之事，就是愚民惧怕时节，金声女儿若果有程家聘礼为证，也不消再借韩生做躲避之策了。如今韩生吉帖、婚书并无一毫虚谬，那程元却都是些影响之谈。况且既为完姻而来，岂有不与原媒同行之理？至于三人所说结姻年月日期，各自一样，这却是何缘故？那赵孝自是台州人，分明是你们要寻个中证，急切里再没有第三个徽州人可央，故此买他出来的。这都只为韩生贫穷，便起不良之心，要将女儿改适内侄。一时通同合计，造此奸谋，再有何说？』便伸手抽出签来，喝叫把三人各打三十板。三人连声的叫苦。韩子文便跪上禀道：『大人既与小生做主，成其婚姻，这金声便是小生的岳父了。不可结了冤仇，伏乞饶恕。』太守道：『金声看韩生分上，饶他一半；原告、中证，却饶不得。』当下各各受责。只为心里不打点得，未曾用得杖钱，一个个打得皮开肉绽，叫喊连天。那韩子文、张安国、李文才三人在旁边，暗暗的欢喜。这正应着金朝奉往年所设之誓。

太守便将息词涂坏，提笔判曰：

韩子贫惟四壁，求淑女而未能；金声富累千箱，得才郎而自弃。只缘择婿者，原乏知人之鉴；遂使图婚者，爰生速讼之奸。程门旧约，两两无凭；韩氏新姻，彰彰可据。百金即为婚具，幼女准属韩生。金声、程元、赵孝构衅无端，各行杖警！

判毕，便将吉帖、婚书、头发一齐付与韩子文。一行人辞了太守出来。程朝奉做事不成，羞惭满面，却被韩子文一路千老驴万老驴的骂，又道：『做得好事！果然做得好事！我只道打来是不痛的。』程朝奉只得忍气吞声，不敢回答一句。又害那赵孝打了屈棒，免不得与金朝奉共出些遮羞钱与他，尚自喃喃呐呐的怨怅。这教做『赔了夫人又折兵』。当下各自散讫。

韩子文经过了一番风波，恐怕又有甚么变卦，便疾忙将这一百两银子，备了些催妆速嫁之类，择个吉日，就要成亲。仍旧是张、李二生请期通信。金朝奉见太守为他，不敢怠慢，欲待与舅子到上司做些手脚，又少不得经由府县的，正所谓敢怒而不敢言，只得一一听从。花烛之后，朝霞见韩生气宇轩昂，丰神俊朗，才貌甚是相当，那里管他家贫，自然你恩我爱，少年夫妇，极尽颠鸾倒凤之欢，倒怨怅父亲多事。真个是：早知灯是火，饭熟已多时。自此无话。

次年，宗师田洪录科，韩子文又得吴太守一力举荐，拔为前列。春秋两闱，联登甲第，金家女儿已自做了夫人。丈人思想前情，惭悔无及。若预先知有今日，就是把女儿与他为妾也情愿了。有诗为证：

蒙正当年也困穷，休将肉眼看英雄！
堪夸仗义人难得，太守廉明即古洪。